講談社文庫

静かに、ねぇ、静かに

本谷有希子

講談社

目次

静かに、ねぇ、静かに

本当の旅

約束のKカウンターで、づっちんとヤマコが揃《そろ》って立っている。

僕を待っている。

その光景。

何気ない、光景。

見た瞬間、もう今回の旅の目的はほぼ達成されたかな、と思う。

午後九時半の羽田空港国際線出発ロビーに、二人が本当に来てくれているということ。

僕ら三人が集結できていること。

それよりも大事なことなんてないという思いに胸が詰まりそうになりながら、僕は急ぐ。人混みを急ぐ。でも、足を止める。あえて止める。そういうことがもっと大事なんじゃないかなと、ふいに思えたのだ。仲間のもとへ駆けつけたい衝動をぐっと堪《こら》え、僕はポケットからスマホを取り出すと、画面の中にこっそり二人の姿を収めて、シャッターを押す。まだ僕に気づいていない、づっちんとヤマコ。まだ旅が始まる前の時間。時間の流れ。意識の流れ。そういうものを大事にしていきたいなあ。と思う。

その写真をグループラインに送信すると、二人ともほぼ同時にスマホを弄《いじ》り出した。一足先に顔を上げたづっちんが、柱の陰に立つ僕に気づき、すぐさまスマホをこちらに向ける。

パシャ。という音は出発ロビーの喧騒に掻《か》き消され、もちろん僕の耳にまでは届かない。それでいいんだ。届かないから僕らは想像するんだ。

スマホが手の中で震え出す。

グループラインに届いた写真の中で僕が笑っていた。週末にオンラインストアで取り寄せたグラフィックTシャツの赤が映《は》えていて、ほっとする。短パン、サンダル、麦わら帽子という軽装も肩の力が抜けて、いい感じで僕らしい。屈託なく笑っている僕らしい僕。来月で四十になる感じなんて全然しない僕。下手したら三十代前半に見える僕。これが今、づっちんが見ている世界なんだ。づっちんの視線を、ラインを通じて僕らは今、共有してるんだ。

僕はもう一度スマホを構え、づっちんを収め返した。写真を送り、【お待たせー】とほぼ画面を見ずに打ち込むと、すぐに返信がくる。

【列、混んできたから、とりあえず先に俺だけ並んどくわ。eチケットはヤマコに渡してあるから、二人もすぐに並んで】

文面通り、づっちんは歩き出していた。胴体よりでかいバックパックのオレンジがもぞもぞと移動している。ビビッドなピンクのキャップには青色のロゴが入ってい て、膝丈《ひざたけ》のパンツは紫。そういうド派手な色使いで、づっちんは自分の世界観を表現してる。周りから、そこだけが絵のように浮き上がって見える。

「うっそ。ハネケン、スーツケース?」

現れた僕を見るなり、ヤマコが驚いた顔で第一声を発した。全然、数年ぶりの再会という感じがしないのは、家を出る直前まで、僕らは機内に持ち込む手荷物のパッキングの進捗状況をラインでやりとりしあっていたからだ。ヤマコはどうしても上限の七キロ以内に収めることができなくて、最終的にスーツケース自体を断念したけれど、なるべく荷物を持ち歩きたくない僕は、あらゆる余分なものを断捨離《だんしゃり》して、家を出る直前にどうにか六・九キロに収めることができた。

「ハネケン、攻めたね。さすがだね」

「うん。歯ブラシセットから歯磨き粉抜いたら、奇跡的になんとかなったんだよね」

僕が笑うと、ヤマコもうんうんと頭を振り、

「でも、ハネケンとづっちんは男子だからいいけどさあ。これ、女子で七キロの壁越えられるひと、本当にいるのかなあ？」

と肩から斜めがけした自分のパンパンに膨《ふく》らんだバッグを恨めしげに睨《にら》んだ。

今日のヤマコは全身を黒でまとめていた。六月のマレーシアに黒ずくめでいくヤマコ。どんな場所でもヤマコらしさを失わないヤマコ。でも半袖から覗《のぞ》く腕やビーサンを履《は》いた足は、色が抜けたように白い。軽装の僕や、色使いの派手なづっちんと並んで写真を撮った時にいい感じのバランスになりそうだな、と僕はすばやく想像しながら、

「あ、そのTシャツ、いいじゃん。お店の？」

と彼女の胸のロゴに目を走らせた。『昨日の今日の明日。明後日。駒込。』と文字が白く抜かれている。

「うん、そう。新作」

「いいじゃん。いいじゃん」

「ハネケンもその帽子、いい感じだね」

インスタにアップされる写真で、近況はいつも見ていたけれど、実物のヤマコも数年前と全然変わっていなかった。同級生だった専門学校時代から、彼女はあらゆる知り合いの店を転々とし続けている。今のTシャツ屋も初めはただ店番で入ったのに、いつのまにかロゴのアイディアまで出してほしいと頼まれるようになったのだ。ヤマコは痩《や》せていてスタイルがいいけど、決して美人ってわけじゃない。でもマインドがほんといい。すごくいい。ヤマコが結婚しないのは、彼女の個性を受け止められる男が近くにいないだけのことだ。でも、そもそも僕らにとって結婚とかって全然マストじゃないのだ。結婚よりも大事なこと。結婚よりも確かな繋《つな》がり、を、絶えずゆるやかに感じられているおかげで、僕らのコミュニティでは誰も、結婚、出産を始めとする社会の制度を善として語らない。だから自由で心地いいヴァイブレーションをいつでも発散している。きっと三人とも同窓会に顔を出すと浮くだろう。「人生を考えろ」とか「もっとしっかりしろ」とか絶対言われるだろう。でも僕はそういうツマラナイことを言うやつらのほうこそ、危険だと思うのだ。そういう人間はきっと一生、家のローンや子供の養育費に頭を悩ませ、搾取《さくしゅ》される側から抜け出すことができないのだ。可哀想。

合流した僕らはづっちんの指示通り、すぐにチェックインの列に移動したけど、づっちんの後ろにはもう五人ほど並んでしまっていた。

「こういうことが、すでに旅の醍醐味《だいごみ》だよね」

と僕は人々の後頭部を眺めながら言った。

「え？　なんのこと」

「だから長蛇の列に並ぶとか。荷物が七キロ制限、とかさあ」

「あー」

「そりゃあさ、お金があってＡＮＡとかＪＡＬとかに乗れる人は当たり前みたいに荷物預けて、好きなもの好きなだけ持っていけるかもしれない。けど、それって本当に旅を満喫してるって言えるのかなあ」

「わかる。言いたいこと、わかる」

「結局、お金がある人達はさ、自分がものすごく損してるってことに気づけないんだよね」

「可哀想だよね」

とヤマコが頷《うなず》いている。からからの体に水がしみこんでいくみたいに僕が満ち足りていく。自分の言いたいことが、なんのストレスもなく理解されるという幸せ。数年ぶりの再会なのに、ついさっき別れたばかりのようなテンションで会話が始まるという幸せ。そして、会話しながらも僕らはスマホを弄っていて、列の先にいるづっちんとも繋がっているという幸せ。

ヤマコやづっちんといることで、僕の細胞がみるみる生き返る。僕は嬉しくなって、

「重かったらさ、ヤマコの荷物、この上に載せていいよ」

と転がしているスーツケースを指差した。

「え、ほんと？　ありがとうー」

「今載せる？」

「え。いや、でもハネケン、重くなるよ。せっかく荷物減らしたのに」

「いいよいいよ。そこ、気にするとこじゃないでしょ。誰の荷物とかないでしょ」

僕はヤマコの肩からバッグを無理やり降ろさせて、スーツケースの上に置いた。

「ハネケン、なんかちょっと、いい顔になった？」

「え、うそ。本当？」

「うん。なんか、引き締まってる」

「まあ体重は、東京にいた頃よりはだいぶ落ちたかな」

「あ、そうなんだ。やっぱ自給自足って、大変なの？」

「大変って言えば大変だけど。でもこれって僕らが忘れちゃいけない大変さ、じゃん？」

と僕が笑うと、ヤマコが「いいね。ハネケン、いい感じだね」と自分のことのように喜んでくれた。

「やっぱ田んぼ持つと、人生観変わるんだね」

ヤマコから思わず洩れた感想が嬉しい。いそいそとスマホのホーム画面の壁紙を見せようとした僕は、その時初めて、づっちんからの【この列だけ、荷物のチェックめちゃくちゃキビシー！】という、未読メッセージがグループラインに届いていることに気づいた。

顔をあげると、チェックインカウンターのベルトコンベア前にしゃがみ込んでいるづっちんのずんぐりした後ろ姿が見えた。カウンターの中には腕毛の濃い係員がいて、鋭い口調で何かを指示している。づっちんはバックパックの中身をコンベアの上に出したり、また戻したり、という動きをもたもた繰り返しているみたいだった。

「づっちん、七キロ超えてたんだね」

とヤマコが隣でぼそりと呟《つぶや》いた。

づっちんのすぐ後ろに並んでいた大柄の外国人が、僕らにも聞こえるほどの舌打ちをした。気づくと、エコノミークラスの長蛇の列に並ぶ人達の無数の視線がづっちんに冷ややかに注がれている。三つしかない搭乗カウンターのうちのひとつを、づっちんがひとりで完全に停止させてしまっているせいだった。

づっちんはそんな視線など気づいていないかのように「あれ?」「つかしいなあ」などとかなり大きめの独り言をぶつぶつ言いながら荷物を整理し続けていた。

僕とヤマコは【頑張れ】【いけるいける】というメッセージをそれぞれ送ったあと、適当にスマホを弄って時間を潰《つぶ》した。そしてそのうち僕は、並んでいる女の人達がみんなすっぴんなことに気がついた。深夜便のせいか、誰もがフライト中に寝てしまおうと思っているらしく、僕らと同じように近所へ行くのとそう変わらない格好をしている。最安値のLCC便だからなのだろうか。この一角だけが周囲よりもくすんで見えるような気がしないでもなかった。

ちらっと隣の航空会社のカウンターを見やると、入り口からいちばん近い列は、ロープで区切る必要もないほどがらがらに空いていた。そのカウンターにちんたらやって来たカップルに向かって、深々とお辞儀をしている係員の姿が見える。夜なのに顔の半分もあるサングラスを掛けた八頭身の女が、Tシャツの裾から臍《へそ》を覗かせている。彼氏らしい短足の男はヴィトンのトランクをコンベアの上にがさつに載せると、

あっという間に搭乗手続きを終え、

「どうするー？　まだ時間あるからなんか食べとくー？」

「あ、いいね。ねえねえ、つるとんたんしない？」

みたいな会話を女としながら、手ぶらでどこかへ消えていった。

その間、僕らのLCCのエコノミークラスのレーンはまったく動いていなかった。

「でもさあ、旅って本来、こういうことなんだわ」

と僕はあえてのんびりした声を出した。

「自分の、思い通りにいかないことを目《ま》の当たりにする連続っていうかさあ」

「わかる。わかる」

「むしろ、それを味わいに行くのが目的じゃん、みたいなところあるよね。それで自分って普段、どれだけ尊大で傲慢《ごうまん》な人間だったんだろうって痛感する機会を得るっていうか」

「ほんとそうだよね」

「だからさ、僕らは、僕らっていうかここにいる全員が、今むしろづっちんに感謝すべきなんだよね」

「それしかないよね」

「マジで、づっちんにも気づいてもらいたいよね。自分が今、この瞬間にどれだけ僕らに大事なことを教えてくれてるか」

僕は、業《ごう》を煮やした係員にまだなのかと軽くキレられているづっちんの動画をグループラインにあげながら言った。もちろん、これは嫌がらせとかじゃない。むしろ、こうやって動画をあげてネガティブなことを積極的に共有することで、今づっちんが感じているであろう居たたまれなさ、恥ずかしさ、屈辱のようなものを、僕らはまるでテレビの中の出来事のように笑うことができる。そして動画にタイトルを付けてしまえば、そこには奇妙な余裕みたいなものが生まれることを僕らはみんな知っているのだ。

それがこの時代に生まれた僕らの能力なのかな。と思う。僕らはお金も持っていないし、名声とか地位もないけれども、こうやって友人と楽しいことをシェアしたり、嫌なことにウケたりすることで、現実を僕らなりのいい感じに編集していけるのかなあ。と思う。

ヤマコがスーパースローで動くづっちんの動画をその場ですばやく加工し始める。音楽もフリーの素材を引っ張ってきて、あっという間に【旅が始まらない】とタイトルがつけられた短い作品が仕上がる。動画の中でづっちんは、早送りと逆再生を繰り返して永遠に荷物を整理し続けている。それを見ているうちに、僕もこの状況がますます他人事のように思えてきて声を出して笑った。

　づっちんがようやく発券を済ませて、列が動き出す。僕とヤマコもほっとしながら流れに続こうとしたその時、蛇行した列の少し後ろの方から、「五千円ぐらい払えよ、貧乏人」という知らない男の声が辺りに響き渡った。

「貧乏人が旅行なんてすんじゃねえよ」

　空気が一瞬にして張り詰める。ヤバい、と思った僕は思いきり頰《ほお》を持ち上げて、「なんだろうね。五千円って」とへらへらしながら漏《も》らした。ヤマコも一ミリも崩れていない笑顔で、「なんだろーねー」と能天気に小首を傾《かし》げた。

「もしかして荷物を預ける追加料金のことかなあ？」

　と当てずっぽうのように僕が言うと、ヤマコも、

「あ。そうかもそうかも」

　と今初めて理解した、という体で頷《うなず》いた。

　づっちんから、そのことについては事前に聞かされていたのだ。もし荷物が七キロに収まらない場合は、五千円払えば追加持ち込みオッケーだから、と。たぶん今の男は、づっちんが五千円すら払えない、貧乏なバックパッカーだとでも思ったんだろ

う。だけど、全然そういうことじゃないんだ。確かにあと五千円出せば、すんなり飛行機に乗せてもらうことはできる。けれどもそれでは結局、金があるほうが幸せ、という話になってしまう。所有しているものが勝つことになってしまう。僕らは日頃から、どうやってそんな金のサイクルの外側に脱出するかについて、死ぬほど議論し合っているのだ。だからそもそも五千円の価値を信じて疑わない時点で、僕はこの心ない野次を飛ばした人間と理解しあえる気がしない。っていうか、そういう人はたぶん一生お金がないお金が欲しい、とか言って金銭に翻弄《ほんろう》されるみじめな人生を送るのだろう。金のサイクルから抜けられないのだろう。可哀想。

僕は悪い感情が伝染しないように、ホーム画面の壁紙をちらと眺めた。

水田から、まっすぐ青碧の空に伸びる一株の苗。

それをじっと見ているだけで、なぜかいつも心が洗われて、涙が出そうになる。そしてその感覚に浸《ひた》ったあとは、必ず視界がクリアになって、周りの人に対して感謝の気持ちが生まれているのだ。

僕の人生はなんのためにあるべきかなあ。と思う。

搭乗手続きを問題なく済ませた僕とヤマコは、づっちんの元へ駆《か》け寄った。

「づっちん、動画見た？」

「おー。見た見た」

「超ウケるよね？」

「ウケる。ウケる」

づっちんの表情はすっかり和らいでいる。さっき送った写真や動画が早くもづっちんからネガティブな感じを忘れさせたのだ。嬉しい。

大容量のWi-Fiルーターをみんなでひとつレンタルし、手荷物検査を済ませたあとは、出発ゲート近くのフードコートで搭乗時刻を待つことにした。ソファ席に荷物を置いて陣取ると、全員がコンセントを確保しスマホの充電を始めた。それから各自、好きなものを注文しに席を立った。ちょうど食べたいと思えるものがなかなか見つからず、ようやくパニーニに決めて僕が席へ戻ると、づっちんが立ち上がってグラスビールとフライドポテトを真上から撮影しているところだった。

「ポテトにしたんだ。それだけで足りるの？」

「えー、あ、うん」

づっちんは光のあたり方に納得がいかないみたいで、グラスの位置を細かく調整し直している。そんなづっちんを眺めながらパニーニを食べているうちに、肉うどんを受け取ったヤマコも戻って来て、「え。づっちん、そんなので足りるの？」と僕と同じことを訊《き》いた。

「あ、これね。違う違う。さっきからずっとあそこのカウンターの前で待ってたんだけど、中のおばちゃんがワンオペでやってるみたいでさあ。全然、注文聞きに来ないから、食券だけ置いてきたんだわ」

そう言いながら、づっちんはヤマコの背後にある店のカウンターを顎《あご》でしゃくった。

「飛行機乗り遅れたらヤバいよね」

「だよね。俺さあ、どっかにクレーム書こうかなあ」

「うんうん、そうすれば？」

「そうやって営業努力しないと、今の飲食業界って生き残っていけないもんね」

「ほんとそうだよ。言ってくれてありがとうございます、だよ」

「づっちん、僕のパニーニ、ちょっと食べる？」

「ハネケン、パニーニにしたんだ」

「うん」

「ハネケンぽいよね。パニーニって」

「わかる。そして、ヤマコは肉うどんぽいよね」

「あー。わかるわー」

みたいな感じで、僕らはしばらくお互いの近況を話したり、づっちんのインスタの感想を言い合ったりしていたのだけど、づっちんの待っている店のカウンターには一向に店員が現れなかった。

「もうそろそろ行ったほうがいいんじゃない？」

パニーニを食べ終わった僕は荷物を手にして立ち上がりかけた。とその時、ずっと背後を気にしていたづっちんが、

「おばさん、ちょっと！」

とドスのきいた声を張り上げた。

「さっきから俺、超待ってて！　そこに、ずっと食券置いてあるんですけど！」

振り返ると、三角巾を頭に巻いた顔色の異様に悪い女の人が厨房からカウンターに出て来ようとしているところだった。鈍くさそうなおばさんはづっちんの声に体をこわばらせると、すぐに頭を下げて、その食券をもたもたと探し始めた。

「っていうか、もういいです。飛行機乗り遅れるから、早く返金して下さい」

僕らは荷物をまとめ、おばさんのところへ押しかけた。

「飛行機に乗り遅れるんですけど」

十秒ごとにづっちんが繰り返し、その言葉で追い詰められたおばさんは何も言わずに奥へ引っ込み、一目見て私物とわかる財布を握りしめて戻って来た。

「唐揚げ、返金してくれるのね？　三百八十円ですけど」

おばさんから小銭を受け取り、急いでフードコートを出かけたその時、づっちんが「あ。待って待って。大事なこと忘れてた」と言って足を止めた。

「何？　づっちん」

「こういうのって最初が肝心だからさ」

づっちんはバックパックのポケットから何かの部品のようなものを取り出し、手馴《てな》れた様子で組み立て始めた。

「あ、自撮り棒！　買ったんだ？」

僕が指差すと、づっちんは少し照れながら、

「まあ、たまには流行に乗っかってみるのも大事じゃん？」

と言って、スマホを棒の先端に取り付けた。フードコートを出入りする人達に迷惑そうな顔をされつつも、僕らはづっちんが宙高く突き上げたスマホのディスプレイを覗きながら、細かく立ち位置を調整し、「羽田空港ぉぉおお！」と叫んで、シャッ

ター音と共に笑顔を作った。

歩きながら早速今撮った写真をチェックしていたづっちんが、

「あーあ。あのおばさん、入っちゃってるわ」

と言うので確認してみると、確かに画面の後ろのほうに青白い顔のおばさんが写り込んでいた。

「あ。私、消しとく。消しとく」

とヤマコが言い、その直後に、僕らの全身が引き伸ばされ、おばさんの部分が取り除かれた修正済みの写真が送られてきた。

「いいね」

「すっげえ、いいね」

「出発前！　って感じがするね」

搭乗口への道すがら、廊下の端に設置されていた盲導犬育成団体への募金箱を見つけたづっちんは「あ、さっきの小銭がちょうどある」と言いながら小走りに箱へと駆け寄った。

「募金してきたの？」

と写真を整理しながら僕が訊くと、

「おお」

と戻って来たづっちんは照れ臭そうに頷いた。「今となってはあのフードコートで唐揚げ食べられなかったのも、いいことだったような気がしてくるよな。あのおばさんに感謝だよな」

ついさっきまであんなにブチ切れていたのに、そういうことをさらっと言えてしまえるづっちんが本当に格好良かった。

僕はおばさんが写り込んだほうの写真をカメラロールから削除しながら、「ほんと、あらゆるものに感謝だね」と清らかな心で頷いた。

七時間半のフライトを終えて飛行機を降りた途端、ヤマコが足を止めた。

飛行機と空港をつなぐ渡り廊下みたいな場所だった。

後ろからぞろぞろ降りてくる他の乗客を無視してスマホに何かを打ち込み始めたヤマコを少し離れた窓際で見ていると、

「寝れた？」

とづっちんに後ろから肩を叩かれた。

「寝れた、寝れた」

と僕は笑顔で答えた。本当は巨漢の外国人に両隣を挟《はさ》まれてしまったせいで一睡もできなかったのだけれども、そんなネガティブなことなど一切口にしない僕が、僕は誇らしかった。

「づっちんこそ寝れたの?」

という問いかけに、づっちんは調子のよさそうな顔で、

「快適だった。七時間半って思ってたよりあっという間でびっくりした」

と首を回しながら答えた。

「これなら今日一日、全力で遊べるわ」

「いける、いける」

「にしても、なんでハネケンの席だけ、あんな場所だったのかな。俺、ちゃんと三人一緒にチケット取ったのに」

「仕方ないよ。っていうか、誰の席とかないよ。あれはさ、ただ機械がランダムに僕らを区別しただけのことでしょ」

僕が言うと、づっちんが「ハネケン、いいね」と言ってくれたので、僕は自分が何か大切なことを言ったような気持ちになった。

「ごめん。お待たせ」

ヤマコが追いついて、僕らはようやく歩き始めた。

「何してたの？」

「え、新しいTシャツのロゴのアイディアだよ。歩いていたら、自然と言葉が浮かんできたから忘れないうちにメモっといた」

「マレーシアの気が、ヤマコに合ってるんじゃない？」

「そうかも。そうかも」

「なんて思い浮かんだの？」

「え、『五反田のありがたみ』だよ」

「いいね」

「いいじゃん。いいじゃん」

などと言い合いながら入国審査を済ませると、飛行機の中で『地球の歩き方』を回し読みしていたづっちんとヤマコが、両替をどこですべきか話し合い始めた。そんな二人の後ろを僕はついていく。はぐれないようについていく。クアラルンプールの閑散とした空港。外国の空気。早朝の匂いを細胞で感じながら、けれども僕は足を止める。あえて、止める。そして遠ざかっていく二人の背中を見送る。やがて心臓がどきどきしてきてこのままじゃはぐれると思い、走る。全力で走る。こんな行動に意味はないかもしれない。でも、それでいいんだ。意味がない行動を大事にする僕でありたい。

二人は空港の長い廊下の、青い絨毯《じゅうたん》の上を歩いていた。

僕はそのすぐ横に流れている、動く歩道に乗った。

少しすると歩道が途切れ、僕は二人の後ろに合流した。

それからも要所要所で動く歩道が現れたので、僕はちょこまかと細かく進路を調整し、どんなに短い距離でも、時には少し引き返してでも、動く歩道に乗り続けた。

本当は僕も二人に合わせて、自分の足で歩いたほうがいいのかもしれないとちらっと思ったが、でも、やっぱりすべてを同じにすればいいわけじゃないんだ。そうやって相手に気を遣って集団行動的な考え方にとらわれていること自体が、僕らひとりひとりのいい部分を殺すことに繋がりかねないし、僕らはもっと自由に独立しながら、お互いを認め合って、同化とか共有とかもしていくべきだと思う。そうあるべきだと思う。

それに、これは全然言い訳じゃなく、さっきヤマコに持ってあげると言ったバッグが見た目以上に重いという事情もあるのだ。確かにキャスターのついたスーツケースの上に載せて運んでいるから楽そうに見えるかもしれない。でも腕には見た目以上に負担がかかっているし、第一、僕はチケットが並びで取れていなかったせいで一睡もしていないのだ。その疲れは絶対絶対加味してほしい。

その後も現れる動く歩道すべてに僕だけが乗り続け、ようやく、バスターミナルまで辿《たど》り着いた。

チケットを購入した僕らはづっちんの提案で、バスが来るまでの時間に何か食べ物を調達することにした。すぐそばにあった空港内のマーケットに戻って、見たこともないお菓子やジュースを買っていると、時間にはかなり余裕があったはずなのにバスはもう到着していて、慌《あわ》てて荷物を積んで乗り込んだ時にはほぼ満席の状態だった。僕らは仕方なく通路に立った。目的の停留所までは五十分近くかかるらしかった。

窓から見える景色は、熱帯のだだっ広い果樹園みたいなところから、どんどん都心部のようなところに変わっていった。バスはマレーシアの幹線道路を走っているみたいだった。遠くには高層ビルの窓がいくつも陽光を反射している。早朝にもかかわらず、有毒な排気ガスを撒《ま》き散らしていそうな車やオートバイがちらほら増え始めていた。発展途上国らしいな、と僕はポジティブに受け取ろうとしたけど、立ちっ放しのせいで景色とかどうでもいいような気がしないでもなかった。ていうか、なんであの時づっちんは「時間あるから買い物しよう」などと言ったのだろう。

おまけにマングローブもオランウータンも、どこにも見当たらない。僕は自分が何か勘違いをしていたらしいことにうすうす気づき始めていた。

「行きたい場所あったら、どこでも希望出してね」とづっちんにあらかじめ言われていたけれど、バスの中でヤマコから『地球の歩き方』を借りて、クアラルンプールのページを隅から隅まで読んでみても、行きたいと思える場所はひとつも見つからなかった。というのもマレーシアをよく知らなかった僕は、今の今までジャングルのような自然の多い場所に行くものとばかり思い込んでいたのだ。はっきり言って、クアラルンプールは超近代的な都市だった。このなんの不自由もなさそうな市街地をマジで超いいよとお勧めしてきたづっちんの感覚が、僕にはまったく理解できない。けれどもそれはもしかしたら、そんなふうに感じる僕のほうに何か問題があるのかもしれない。っていうか、づっちんはきっとガイドブックからじゃ推し量れない、この国にしかない魅力を僕らに教えようとしてくれているのだ。づっちんのレコメンドを一瞬でも疑ってしまった自分が、僕は恥ずかしい。

疑う自分。

弱い自分。

未熟な自分。

すぐ座りたがる自分。

そんな僕を、この旅で僕は克服したい。

それに、これだけは言える。

僕は、づっちんの世界を見る眼差《まなざ》しが好きだ。

一昨日の明け方にづっちんが【感動。】というタイトルで送ってきてくれた、雲の形、とか。

づっちんが勧めてくれる音楽、とか。

お下がりでくれる服、とか。

紹介してくれる友達、とか。

そういうものが僕を構成しているし、僕だってたぶん、今の、づっちんやヤマコを構成している一部なのだ。

影響を与えられ、与え返す。その掛け替えのない素晴らしさについて改めて感動していると、づっちんからグループラインに写真が送られてきた。このバスから見えている窓の外の景色だった。

写っているのはオートバイを運転する、日に焼けた浅黒いおじさんだった。そのおじさんの、ありえないくらい派手な黄色いシャツと、枝豆のようなグリーンのパンツの配色にはっとする。まるでおしゃれなカフェの壁に飾られていそうな、僕がさっき撮った写真がゴミのように思えてくる一枚だった。

これが、づっちんに見えてる世界なんだ。

づっちんは、いつも僕にこうやって世界の見方を教えてくれるのだ。愚鈍な僕が何も感じ取ることができなくても、づっちんが「ここ、超いいよ」とどんな馬鹿にでもわかるように強調してくれるおかげで、僕はいつも大事なことに気づけるのだ。その土地の魅力。息遣い。エネルギー。そんなものがおじさんの何気ない写真を通して伝わって来る。すげえ、僕は今ここに来てるんだ。写真を食い入るように見つめていると、さっきまではまったくなかったクアラルンプールへの期待と興奮が自分の中に生まれていることに気づいた。づっちんのオススメだと思ってみると、不思議と、何もかもが猛烈にいい感じに思えて来るのだった。

ヤマコからレインボーカラーのサイケデリックなメントスをもらったりしながら揺られているうちに、市街地らしきところを通り抜けたバスは、大通りに出て駅のバスターミナルで停車した。

通路に立ちっぱなしだった僕らは、吐き出されるようにバスを降りた。空港からほぼドアトゥドアで乗り込んでいたおかげで、初めて自分の足でマレーシアに立った、という実感が湧《わ》きかける。

と思っていたら、その実感はたちまち、どこかへ消えてしまった。

体にまとわりつく熱気と湿気が、日本にいる時と驚くほど変わらないからだった。

その瞬間、僕の中にまたしても未熟な気持ちがこみ上げそうになる。

だって僕が今、移住プロジェクトの助成金で過疎村の空き家に暮らしていて、ギリギリで生活していることをづっちんが知らないわけがない。っていうか二年ほど前に、こういうプロジェクトがあるみたいよ、と教えてくれたのはヤマコだし、え、いいじゃん、ハネケンの仕事だったら東京じゃなくてもできるし、アトピーにもマジでよさそうだから行っちゃいな、と後押ししてくれたのは、づっちんその人なのだ。

僕は一万円で空き家を借り、村役場の担当のひとに今なら田んぼもつけるよ、と勧められるままに、パソコンとその他の機材とともに引っ越し、兼業農家をしている。

ネット上ではみんなとずっと繋がっていたけど、先月づっちんから夕焼けの写真が送られてきて、そこに【本当に大切なこと、できてるのかなあ?】というタイトルがつけられていたので、農家にとって大事な六月であるにもかかわらず、僕らはすぐに意見を交換しあい、この旅行を決めたのだ。

知り合いから頼まれる細々としたウェブデザインみたいなことが主な収入源の僕に

とって、この旅費はなけなしの金をはたいたに等しかった。だからこそインドとまでは言わないけれど、価値観が揺らぐようなカルチャーショックに打ちのめされる場所に行くのだろうと勝手に期待していたのだ。ハネケン、クアラルンプール超いいよ、とづっちんに言われた時、僕は一欠片の疑いもなく、そういう場所に行くのだと思い込んだ。だから今、づっちんに対して僕は結構失望しているのだけど、やっぱりそう感じてしまうのは僕の浅はかさで、こうやって自分では選ばない場所に連れて行ってもらえることを心から楽しまなければならないのだ。自分なら絶対に来なかっただろうクアラルンプールに来ているという奇跡。誰かといることの証。そうだ、すべてに感謝だ。この湿気にも、気温にも。何もかも企画してくれたづっちんにも。目の前の巨大なユニクロにも、無印良品の看板にも、ありがとうございますだよ。ありがとうございますなんだよ。

一泊三千円と聞いてほとんど期待していなかったぶん、ホテルの外観や窓の外に見えるプールや部屋のモダンな内装に、僕らは興奮を抑え切れなかった。

子供のようにはしゃいでキングサイズのベッドに飛び込んだり、ガラス張りの浴室のバスタブに服のまま三人で入ったりしながら、

「え、何。なんで三千円でこんな部屋泊まれるの？」

「宿泊サイトってなんなの？」

「今まで泊まったホテルの中で、マジでいちばんいい部屋かも」

などと言って部屋のあらゆる場所でひとしきり撮影をした。それから少し落ち着いた僕らは、じゃんけんで今夜ベッドを使う人間を決めることにした。五千円を追加で支払えばエキストラベッドを借りることもできたが、それは馬鹿らしいとづっちんが言ったからだ。言い出したづっちんがあっさり負けて、僕とヤマコが二人でベッドをシェアすることになった。浴室側がヤマコで、ソファ側が僕だ。

もしかすると、こんな僕ら三人の関係をいやらしく想像するひともいるかもしれない。でもヤマコは僕で、僕はヤマコで、さらに言うとヤマコはづっちんでもあり、づっちんも僕同然で、そんな対象に興奮するとか考えられない。

ヤマコは女じゃない。

ヤマコはヤマコなんだ。

そして僕らもヤマコなんだ。

全員それぞれ電源を確保し、スマホを充電し始めた。

「うわ、もう二〇パーセント切ってたわ」

「俺も」

「私もー」

「どうする。充電、結構かかりそうだね」

「暑いし、日が落ちるまでまったりすればいいんじゃない？」

僕らは涼しくなってから夕飯を食べに行くことにした。というのも、ホテルに到着したのが朝の七時前だったせいでチェックインができず、フロントに荷物だけを預けた僕らは、仕方がないのでその足で電車を乗り継いで郊外に行き、午前中のうちに洞窟等をすでに観光し終えていたからだ。

「マジで死ぬ、死ぬ」

虫眼鏡で炙《あぶ》られる虫のように悶《もだ》えながら、猛暑の中、三百段の石段を登った。

と喘《あえ》ぎながら辿り着いた洞窟内部は、山の内側を巨人の手でごっそりと刳《く》り貫《ぬ》いたように、だだっ広い空間だった。

「天井高いね」

「うん、高い」

「ヤバいね」

「ヤバい、ヤバい」

「っていうか涼しくない？」

「涼しいよね」

「感動。涼しさに感動」

「あ。ねえ、ていうかここ、ガイドブックの写真と一緒じゃない？」

「すっげえ。マジで一緒。感動」

そんなことを口にしながら、僕らは洞窟内を歩いた。足場はコンクリートで一面舗装されていた。観光客の増加を狙って諦めたのか、ところどころにおおざっぱに色の塗られた、宗教とかが絡んでそうな石像が放置されていた。死んだ家畜を高々と掲げている男の像。跪《ひざまず》く女の像。頭から胴体が真っ二つに裂け、内臓が飛び出している男の像。そういうものを眺めたあと、洞窟内の、金色に塗りたくられた庵《いおり》のような場所で休憩した。僕は十分おきに腕時計を見た。野生の猿も飽《あ》きるほど見たし、もう充分かな、と思っていると、づっちんが「そろそろ行こうか」と言ってくれたので、僕はほっとしながら三百段の石段を降りた。

そのあと電車で中心部へと戻り、クアラルンプールでいちばん大きいとガイドブックに書かれていたモスクへ出向いた。モスクでテンションがあがったのは、入り口で観光客にレンタルされるアバヤを着た時で、その撮影が済むと、あとは何もいない水槽を眺めているかのように僕らはモスク内部をなんとなく歩いた。腕時計を見たら、まだ三十分しか経っていなかった。でもまあイスラム教とか全然自分に関係ないし、もう充分かな、と思っていると、づっちんが「あ。そろそろホテルにチェックインできる時間だわ」と言ってくれたので、僕はほっとしながらモスクを後にした。

電車の中で、空虚な気持ちにならないこともなかった。何しろ、朝からずっとノルマを消化しているだけのようなスタンプラリー的な義務感が付きまとっていたからだ。あとで写真を見た時に楽しそうに写ればいいと、実際より何割か増しではしゃいでいるせいもあって、ホテルにチェックインする頃にはどっと疲れ切っていた。

「お湯溜《た》まったから、お風呂入っていい？」

声がして顔をあげると、づっちんがしゃがみこんでバックパックを漁《あさ》っていた。

「あ、いいよいいよ」

「ついでにお風呂でインスタもあげちゃうわ」

とづっちんはスマホを握りしめて、いそいそとガラス張りのバスルームに入り、中からカーテンを閉めた。僕はコーヒーマシンにカプセルをセットすると、ベッドでスマホを弄っているヤマコに向かって、

「コーヒー淹《い》れるけど、飲む？」

と訊いた。

「あ、飲む飲む。ありがとー」

ベッドサイドのテーブルにマグカップを置いた僕は、「さっきからそれ、なにしてんの？」とヤマコの手元を覗き込んだ。

「これ？　今日の写真、整理してアルバム作ってる」

「もう？　じゃあ僕もしようかな。ここ、Wi-Fiってきてた？」

「きてた、きてた」

ヤマコは鏡台を指差した。名刺ほどの小さなカードを見つけた僕は、コーヒーを飲みながらそこに書かれたパスワードを入力し、ホテル名の入ったWi-Fiを拾った。連写で撮った中から一枚だけ選び出すなどして、膨大な量のカメラロールをチェックしているうち、づっちんの自撮り棒を使って撮った写真が、思っていた以上に似たり寄ったりであることが気になり出した。画面の下部に僕ら三人が顔を寄せ、その背後の隙間に申し訳程度に猿やら、寺院やら、高層ビルが入り込んでいる。全員が撮られることを意識しているため、表情も大した違いがなく、どれもこれも、これなら背景をあとから合成ではめ込んでもオッケーかな、と思えるようなものばかりだった。

体を拭《ふ》き終えたづっちんが浴室から出てきて、僕は時計を見た。少しのつもりが、もう一時間半も経過している。慌ててベッドから起き上がりかけたが、づっちんが窓際の巨大なソファを陣取っても尚、スマホを弄る気満々である姿を見て、僕もそのまま作業を続けることにした。ヤマコは一度も顔をあげなかった。

途中、知らない歌を自分がハミングしていることに気づき、不思議に思っていると、テレビから流れ続けているクアラルンプール紹介チャンネルのBGMのメロディだった。会話もせずにアルバム整理に没頭していたので、それが耳にこびりついたらしい。

目が疲れて顔をあげると、また一時間が経過していた。

バスローブ姿でソファに寝そべったづっちんは惚《ほう》けたように口を半開きにし、スマホの小さな画面を凝視していた。ピンクのキャップを取ったづっちんの髪に白髪らしきものが混じっているのを見つけ、僕はなんとなく視線を窓のほうに逸《そ》らした。

いつのまに日が暮れていたのか、外は薄暗く、電気のついた部屋の中が鏡のようにそこに映し出されている。

その鏡の中に、ぐったりとベッドに横たわる中年の男が見えた。

僕だった。

まるで自室でひとり、どうでもいいテレビを見ているかのように弛緩《しかん》したその表情からは、他人と同じ部屋にいるという緊張感が完全に欠落していた。

ベッドのすぐ隣に、同じ状態の黒ずくめのおばさんがいた。

ヤマコだった。

その光景を見た瞬間、ズゴッ、という何か重たいものが外れるような音が僕の頭の中に響いた。

音は残響のように耳の奥に残っていたものの、やがて消えた。僕は立ち上がって窓際に行き、カーテンをさっと閉めた。そして、

「ねえ。そろそろご飯食べに行かない？」

とお気に入りの麦わら帽子を被《かぶ》りながら二人に声をかけた。


「うわ。熱気ヤバいね」

屋台村の混沌としたムードを目の当たりにし、僕らの疲れは一気に吹き飛んだ。

湿度は相変わらず高かったが、日が落ちたおかげで昼よりは過ごしやすい。これだよ、この感じだよ、と僕はワクワクしながら思いきり鼻から息を吸った。食べ物とドブ川を左右の鼻の穴に同時に詰め込まれたような匂いがした。

幅広の道路の両脇には、飲食を扱った店がどこまでも並んでいた。そのすべての軒

先に簡易なテーブルと椅子が出され、人々が道にまではみ出して食事している。

僕らみたいな観光客を目当てに、路上は蛍光色に光る竹蜻蛉《たけとんぼ》のようなものを手にした怪しげな行商や、路上ライヴをゲリラで行うド下手なバンドで溢《あふ》れかえっていた。さらにそこを大勢の人々が行き交っているため、肩を斜めにしなければ誰かにぶつかり、まっすぐ進めないほどだった。

先頭を歩いていたづっちんが、果物を扱っている一軒の小さなスタンドの前で足を止めた。

「ごめん、二人とも。ちょっと時間もらっていい？」

づっちんがスマホを向けた方向には、裸電球に照らされた色とりどりの果物が籠《かご》いっぱいに積まれていた。僕はこの旅に来るまで知らなかったのだけれども、づっちんの中では何かが目に入った瞬間から、インスタ用とそうでないものが明確に線引きされるらしい。しかもそれらがどう撮られたがっているか、俺には声まで聞こえるんだわ、と僕はついさっきシャトルバスの中でづっちんに教えてもらったばかりだった。でもやっぱりすごいのはづっちんの執念だ。光の加減や構図を最高のものにするため、づっちんは屋台にぶら下がっている裸電球に勝手に手を伸ばし、店の男の注意も無視して、執拗《しつよう》にシャッターを切り続けている。

ヤマコも露店で売られている指輪が気になるらしく、売り子と値段交渉をし始めていた。

ずっちんの真似をして果物を数枚撮って満足した僕は、他に何か被写体になるものはないだろうか、とぐるりと辺りを見渡した。

というのも僕は僕でインスタをやっているのだけれども、先月昔からの知り合いに連絡を取った時、ずっちんのインスタにあまりに似過ぎている、とボロクソに言われてしまったことが心に引っかかっていたのだ。もちろん僕はそんなはずはないと言ったのだけれど、改めてチェックしてみると、確かに写真も文章も似ていないこともなくて、それで、僕も自分の路線っていうか、ハネケンらしさ、ハネケン色みたいなものをもっと追求しなきゃいけないのかなと思い始めたのだった。

だけどきょろきょろしているうちに、

「おまたせ。もういいよ」

と自撮り棒を縮めながらずっちんが戻ってきて、それに気づいたヤマコも買ったばかりの指輪を嵌《は》めて合流してしまった。先頭に立ってまたずっちんが歩き出し、ヤマコに続いて僕もはぐれないように歩を進めた。どの店に入るかはまだ決めていなかった。こういうのはインスピレーションでしょ、とずっちんが言ったからだ。

僕はふと思いつき、づっちんとヤマコの後ろ姿を動画に収めることにした。人がひしめき合っているおかげであまりおもしろい画《え》とは思えなかったが、途中でスマホを思いきり高く持ち上げてみると、屋台村全体の雰囲気を収めることができた。

しかし、そんなふうにふらふら歩いていたせいで、向こうから来た地元民らしいおじいさんと思いきりぶつかってしまった。

僕はスマホを掲げたまま、笑顔で「ソーリー」と謝った。なのにおじいさんは許してくれるどころか、こちらを睨み返してきた。そして僕に指を向け、何かわからない言葉を吐いた。

僕はおじいさんにもう一度笑顔で謝った。それでもやっぱり怒りは収まらないらしく、また何か嫌な感じの言葉を吐き捨てられた。僕は顔から表情を消すと、無言で踵《きびす》を返し、づっちんとヤマコの後を追った。大きな十字路に差し掛かると、

「あ。あそこよくない？　人気っぽいし、テーブルクロスの色もかわいいし」

とづっちんが言ったので、僕は「いいね」と即答した。

店のおばちゃんがすかさず出てきて、道の中央にいちばん近い、店の軒先からもっとも離れた席に案内してくれた。

これにテンションがあがったづっちんが、さっそくおばちゃんを交え、自撮り棒で

四人の記念写真を撮り出した。

注文は英語が少しできるヤマコに任せた。そのうち蒸した白身魚、炒《いた》めた鶏肉、甘辛いタレを絡めた魚貝、唐辛子の載った豆苗、春巻き、などが銀色の盆に載って、そう広くないテーブルに続々と運ばれてきた。

どういう名前の料理なのか、僕にはわからない。でも、そんなことはどうでもいいんだ。大事なのは、二人が勢い良く頬張って、

「あっつ!」

とか、

「でも、うま!」

とか、笑顔で言ってることなんだよ。

僕は満ち足りた気分でシンハービールをお代わりした。料理もほとんど腹に入れた頃、スマホが震えた。今食べ終えたばかりの料理の写真が、ヤマコによって早速アルバムに追加されている。

「うわ。おいしそー」

と僕が言うと、づっちんも自分のスマホを見ながら、

「ほんとだ。すっげぇうまそう!」

と春雨の残りを啜《すす》った。

「でも、さっきハネケンから送られてきた動画もよかったよね」

とヤマコがすかさずポジティブなボールを返してくれて、

「うんうん。ハネケン、あの動画よかったよ」

とづっちんも褒《ほ》めてくれた。

「俺ら、すっげぇ楽しそうだったよね」

「うん。楽しそうだった」

「仲良さそうだったよね」

「うん。うん」

言いながら、づっちんはいそいそと豆苗の残った皿をテーブルの端によけ始めた。すぐにその意図を察して、僕も空いた皿を下げてもらう。ヤマコが濡れたテーブルをナプキンで拭き終えると、僕らはそれぞれのスマホを自立させ、さっき僕が撮ったばかりの動画を同時に鑑賞し始めた。

屋台村の人混みを歩いているづっちんとヤマコ。正面からカメラを向けているものと違い、後ろ姿をただ追いかけているだけなのだが、この旅で撮ったものの中でいちばん自然で生々しい出来になっていた。通行人にぶつかるたびに突き上げたカメラがふらふらと動くので見づらい。けれども時折入る「ハネケン、だいじょぶー？」「財布スられないでよ」などという、なにげない会話のなにげなさも非常にいい感じだった。

「旅って結局さあ、」

「うん」

「してる時そのものの中には、ないのかもしれないよね」

ずっちんの言葉に、僕とヤマコは深く頷いた。

「こうやってあとから見返す時間が、むしろ本当の旅っていうか」

と言いながら、ずっちんはジンジャーエールを飲んだ。「この動画のために旅があるっていうか」

本当にその通りだ。ガイドブックに載っているような観光スポットにもはや何もないことを、僕らはみんな知っているのだ。こういうのも与えられた能力なのかなあ。と思う。僕らはみんなで力を合わせ、その場を何事もなかったようにもできるし、それとは逆に、まるで何かがあったことにもできてしまえる能力を自力で身に付けたのだ。

そんなことを考えて見ていたら、映像がやや唐突気味に途切れた。

すぐに少し離れた場所から再開される。

づっちんもヤマコも特に不審がりもせず、僕があのジジイの存在を消したことには全然気づいてないみたいだった。僕はほっとしながら皿に残っていた白身魚に箸《はし》を伸ばした。口に入れてみると、冷えた魚はとても食べられた代物ではなかった。正直、ここが日本だったらどれもお金を払う気にもなれないような料理ばかりだ。だけど、そんなことはどうでもいいんだ。僕が本当はどう感じたかなんて、たいしたことではないのだ。

大切なのは、料理が美味しそうなこと。

旅が楽しそうなこと。

僕らが幸せそうなことなんだ。

「俺、来てよかった」

とづっちんがしみじみと呟いたので、

「僕も。来てよかった」

と僕も頷いた。

「ほんと、俺、ハネケンとヤマコと来られてよかったよ。たまになんだけど、人生に志がまったくないひとと話したりするじゃん？　なんかもう、終わってるんだわ。忙しいとか、仕事がどうのとかさ」

「いるよね、そういうひと」

「いる、いる」

「で、そういうやつの仕事に限ってさ、実際、仕事でもなんでもないんだわ」

「わかる、わかる」

「ただ寝る時間削って、忙しく動き回って、なんかしたつもりになってるだけなんだよ。でもそれ、誰にでもできる仕事っていうか、誰かが代わりにできることじゃんって」

「うんうん」

「俺はさ、仕事してるってこと自体、もっと恥ずかしいって意識を持つべきだと思う」

「能力がないから仕事してるんだもんね」

「結局さ、そういうやつらはクリエイションしてないんだよ」

「そこに行き着くよね、結局」

「シンプルだけど、もうそれでしかないんだわ。だってほら、ヤマコだって世界に一枚しかないTシャツのロゴ考えたりして、替えがきかないこと、ちゃんとできてるじゃん？　ハネケンだって、自分で田んぼ持ってさ、ハネケンにしか作れないお米をクリエイションしてるわけじゃん。えらいよ、二人とも。俺は本当に二人をクリエイターだと思ってるし、仲間として誇りに思うよ」

「づっちんのインスタもね」

「うん」

とづっちんは頷いた。「俺はあそこで自分の感じた世界、たった一つの感覚、みたいなものをどうやってヴィジュアルで伝えられるだろうって、日々試行錯誤してる。他の人が見ない空を見てるし、その空の色だってただ漫然と撮ってるわけじゃなくて、その一枚で世界をどう変えていけるかってところまで、きちんと思考してる。たまにインスタってただの承認欲求でしょとか言われることもあるんだけど、そういうやつらはわかってないんだよ。自分の半径一メートルを写して何か伝えた気になってるだけのクリエイションしてないインスタが、俺は罪悪だと思ってるし、そういうの、やってるやつも見てるやつも地獄に落ちればいいと思う時があるよ」

「だね」

「あいつら、何もわかってないよね」

僕らは深く頷き合った。

店員が視界に入ったので、僕は手招きで呼びつけた。

「確かに俺はさ、」

冷えた海老を箸でつまみ上げながらづっちんが続けた。「人から見たら、四十二にもなって実家に住んで親に依存してるだけの男かもしれない。でも、違うんだよ。それはそういうやつらが、俺のことをそう見たいと思ってるだけで、ニュートラルな眼差しをきちんと持ち込めば、俺があえて働いてないってことも理解できるはずなんだよ。俺は、俺の眼差しを守ってる。社会から報酬を貰《もら》わないことで、人とは違う眼差しを手に入れてる。どんな眼差し？　子供の眼差しだよ。何が大事で、何がそうでないか。社会に生かされているやつらには、一生それが見えない。このことを伝えたい。子供達に伝えたい」

「お金をありがたがる動物なんて人間だけだもんね」

僕はづっちんの言葉に深く感銘を受けながら、店員にシンハービールを注文した。

「僕らの人生はなんのためにあるべきかなあ」

と僕が思わず漏らすと、

「やっぱりさ、」

と路上で始まったカラオケの歌声に体を揺らしながらヤマコが口を開いた。

「ヴァイブスっていうか、ヴァイブレーション？」

目は閉じたまま、ヤマコは言った。

「あー。はいはい」

「やっぱ究極そこだよね」

「結局、私達の一挙手一投足。言動。思考。呼吸みたいなものすべてが、共有されていくイメージを持ち続けること？」

「うん」

「意識の繋がり。私達がいいヴァイブレーションを発していけば、周りのひとすべてがそのいい感じを共有できて、それがどんどん返報されていって、もうそこにはいい感じしかないっていうか。私の、とか、誰のとかないっていうか」

「うんうん」

「共同体。大きな」

「ハネケンの哲学と同じだね」

「いいね」

「素晴らしいよ」

「素晴らしいね」

誰からともなく拍手が起こった。僕は手を叩きながら、目の前がぱあっと明るくなっていることに気がついた。ヤマコのヴァイブレーションからいい影響を受けて、ポジティブな気持ちが強まっているのだ。

「そのために具体的に、今すぐできることってあるかなあ」

と僕はいてもたってもいられなくなって訊いた。

このいい波を絶やさず、次に繋げたい。

子供達に繋げたい。

とその時、背後から誰かが怒っているような荒々しい声が聞こえた。振り返ると、欧米人の男女が座っているテーブルの近くに見すぼらしい身なりをした女が立っていた。

カップルの男は唾《つば》を飛ばしながら女を罵《ののし》っていた。にもかかわらず、首から台のようなものを紐《ひも》で下げた女は彼らの元を離れようとしなかった。

僕が思わずその様子を見ていると、女が僕の視線に気づき、何かを期待した表情でカップルのテーブルをすっと離れた。他のテーブルを三つほど飛ばし、こちらにまっすぐ歩いて来る。

近くに来た女は顔面の筋肉を持ち上げて笑い、首から下げている台を細い顎で示した。布が敷かれた台には、針金をぐにぐにと曲げまくったような得体の知れないものが並んでいた。はっきり言って、かなり不気味なシロモノだ。女は簡単な英語しか話せないらしく、頭ごと動かし、それを買ってくれ、とジェスチャーで繰り返し訴えていた。

「これがなんなのかはわかんないよ？　わかんないけどさ、」

とづっちんは台を覗き込んだ。「でもこれは、間違いなくこの人の純粋なクリエイション、だよね？」

そう言って、づっちんは当然のようにショルダーバッグから財布を取り出そうとした。でも僕のほうがそれよりも早く、自分の財布を取り出していた。

ヤマコからもらったポジティブな気持ちが、そうさせたのだ。

「ハネケン、大丈夫なの？」

とヤマコに心配され、僕は「おお」と照れながら頷いた。「お金って使うためにあるもんだからさ」

づっちんに「すっげぇかっこいいよ、ハネケン」と肩を叩かれて、僕は嬉しかった。誰よりも貧乏な生活をしている僕が、見ず知らずの外国の女になけなしの三十リンギットを渡す。でもこれは金銭に見えるだけで、まったく違うものなのだ。これは僕らのヴァイブレーションなのだ。世界中に僕らのポジティブなヴァイブレーションを行き渡らせたい。そうすれば貧困など明日には撲滅できるのだ。

女が袋に入れた品物を渡して去ったあと、僕らは屋台の支払いを済ませて席を立った。

「わ。これ結構重いな」

袋をぶら下げて僕が言うと、

「ハネケン。帰りも七キロ制限あるから気をつけな」

とづっちんが教えてくれたので、

「あ、それもそうだね」

と僕は頷いた。

「ちょうどあそこに捨てるとこあるよ」

そう言って、ヤマコが指を差した先にゴミが山のように溢れかえっていた。

「だね」

僕は小走りに駆けて行って、袋を投げ捨てた。

戻ると、づっちんとヤマコが空にスマホを向けて撮影会を始めていた。

「月ヤバい。マジ泣ける」

「感動。感動」

僕もスマホを取り出すと、「感動。感動」と言って、シャッターを切った。

づっちんが、ここから少し離れたところに、どうしても一度行ってみたいマッサージ屋があるというので、僕らは通りでタクシーを拾うことにした。

電車の中で『地球の歩き方』の欄外の情報を読みこんでいた僕は、「ボッタクリが多いらしいから、タクシーはホテルから出てるやつを拾うか、ブルータクシーっていうのに乗るのが安全なんだって」と豆知識を披露《ひろう》したけど、づっちんは「いいよ大丈夫だよ」と言いながら、ちょうど向こうから来た黄色のタクシーをさっさと捕まえてしまった。

助手席に乗り込んだづっちんが早速交渉を始めたのだけれども、運転手は英語がわからないらしく、なかなか話が伝わらない。「降りて別のタクシーを拾う？」などと相談しているうちに車は動き出してしまい、づっちんは仕方なく、

「ヒア、ヒア」

とガイドブックを広げて、直接指で目的地を示し始めた。

「通じた？」

「うん、たぶん」

「遠いの？」

「少しね」

「そのマッサージ屋って有名なの？」

「別に有名とかじゃないけど、ヒロノさんっていう、フェイスブックで知り合った日本人が自分の家でやっててさ」

「へえー」

「細胞の声が聞こえるひとでさ。前世も教えてくれるし、みんなにもとにかく一回会ってもらいたいと思ってたんだよね」

づっちんが前にそのひとに日本で前世をみてもらった時の話を聞きながら、僕らはタクシーに揺られた。

だが、三十分経っても、車は一向に目的地につく気配がなかった。

「本当にあってんのかな？」

「なんか、どんどん人気がなくなってくね」

僕とヤマコは後部座席で囁《ささや》き合った。タクシーは高層ビルの立ち並ぶ繁華街を抜け、ヒンディー語らしきものが看板に躍《おど》るインド人街を通り過ぎたあと、マッサージ屋がひしめき合う裏路地を通過した。そして今は街灯もまばらな小汚い道を走り続けていた。

さっきから窓の外に目を凝《こ》らしているのだが、壁の壊れた廃墟のような家や、崩れたブロック塀《べい》の向こうにぼうぼうに伸びる雑草、肋骨の浮き出た犬などがいるだけで、信号機のある交差点も滅多にお目にかからなくなってきた。

もしかして、騙《だま》されてるのかな。

という考えが、脳裏をかすめないでもなかった。というより、もうかれこれ十五分以上前から疑っていたのだけど、誰も何も言い出さないので、僕もそんなネガティブなことをわざわざ口に出す必要はないと判断したのだ。

やがてポツポツと人の温かみが感じられる民家のようなものが現れ始めて、僕は胸を撫《な》で下ろした。

だけど少しすると、また民家は一軒もなくなった。

四方が闇に囲まれていた。

僕は無言でハンドルを握っている、浅黒い肌の運転手の太い首を見ながら、

「あのさあ、」

と思いきって口を開いた。

「これって、あれだよね」

と言いかけてから、僕はその塗り潰されたような闇に目を泳がせた。田んぼの中の畦道《あぜみち》を走っているということしかわからない。この状況に対して、僕が必死でポジティブな言葉を探していると、ヤマコが横から、

「普通に、知らないところに連れてかれてるよね」

と明るく言ってくれたので、僕はほっとしながら、

「そうそうそう。普通にね、そうだよね」

とさりげなく激しめに同意した。

「運転手さんに伝わってなかったんじゃない？　づっちん、もう一回、ガイドブック見せてみたら？」

だね、と言ってづっちんが手にしていた地図を広げ、運転手に声をかけた。

運転手は視界が前方三十度ほどしかない生き物のように、まっすぐ前を向いたまま無言だった。

「どうしたの？」

「わかんない。なんか、このひと全然こっち見てくれないんだけど」

「無視？」

「英語だと伝わらないのかな？」

三人で話しかけてみたけれど、反応はやっぱり同じだった。え、何この感じ。と訝《いぶか》りながら、僕は改めて運転席に注意を払った。おじさんかと思い込んでいたら、むしろ僕らよりも若そうな男であることにその時ようやく気がついた。ハンドルを握る腕はうっすら筋肉が盛り上がっていて、ドア側の腕に巻きつけられたアクセサリーの中に、ちらっとドクロらしきものが見えた。

あ、これヤバそうだな。

と僕は思ったけれども、もちろん口にしなかった。人を見た目で判断するなんて絶対によろしくないからだ。

代わりに僕は、

「困ったね。どうすればいいんだろうね」

とさほど困ってもなさそうな声を出した。

するとヤマコも、

「でもさ、ただ話しかけられるのが嫌なだけで、道はあってるのかもよ」

などと言い出した。

バックミラー越しにたまにこちらに向けられる運転手の視線がなんとなく気になったけど、ヤマコがスマホから最近お気に入りのバンドの音楽を流し出して、

「あ。いいじゃん」

「いいね」

などとみんなで感想を言い合っているうちに、車内にはまたポジティブなムードが戻って来たみたいだった。

「そういえば、この話したことあったっけ？」

「え、なになに。づっちん」

「俺さ、」

「うん」

「今まで自転車に鍵かけたことないんだよね」

「え、マジで？」

「うん」

「え。っていうか、なんで？　そんなことしたら盗まれるでしょ」

「盗まれるよ。けどさあ、そんなことで俺の他人を信じる力を奪われたくないんだわ。っていうか俺がしたいのは、自転車ってそもそもなんで盗まれるのかって話なん

だよ」

　僕は首を傾げ、

「盗んでも、足がつきにくいから？」

　と答えた。

「違うよ。もっと根本的なこと」

「根本……なんだろう」

「シンプルだよ。みんなが鍵をかけるから、盗まれるんだよ」

　づっちんの思わぬ答えに、僕とヤマコは「おおおおっ」とどよめいた。

「鍵をかけるから、見た人が、あ、これは盗まれるようなものなんだな、って考えるってこと？」

「そう。だからもし、俺達が誰ひとりとして鍵をかけなければ、たぶん、誰もチャリなんてパクらないんだよ」

「でも、づっちんの自転車はパクられてるんでしょ？」

「今はね。けど何台パクられても、俺は同じことをし続けるよ。いつか、その波がどこかに繋がっていく可能性があるんならさ」

　そう言って子供みたいに笑うづっちんがめちゃくちゃ格好良く見えた。裏切られても信じる。何台パクられても信じる、その勇気。シンプルだけど誰もが日々の生活の中で忘れてしまう大事なこと。超大事なこと。よし、僕も明日から自転車の鍵とかかけるのやめよう、と決意しながらヤマコのほうを見ると、まったく同じことを考えているのがその表情から伝わってきた。

づっちんは続けた。「だからたとえ、これがボッタクリのタクシーだったとしてもさ、」

「うん」

「大事なのは、俺らが最後までそうじゃないって信じた事実なんだよ」

そうなんだ。そして、もっと大事なのは、仮に今回ボッタクられたとしても、次も躊躇《ちゅうちょ》せずにたまたま通り掛かったタクシーを拾い続けるってことなんだ。ボラれても、ボラれても、他人を信じ続けるってことなんだ。

僕らの顔は、内側から発光したように明るかった。さっきまであんなにも不気味に見えていたはずの外の闇さえ霞《かす》んでしまうほどだった。

僕らは今、お金よりももっと大事なことを、この運転手のひとに教えてもらっている。

ありがとう。いや、むしろ、ありがとうございます。

僕が心の中で頭を深々と垂れていると、舗装されていないボコボコの道をひたすら走っていたタクシーが、ついにスピードを落とし、停まった。

あ。ようやく到着かなと思い、僕はドアに手をかけようとした。

が次の瞬間、そのドアが外側から勢いよく開かれ、ひとりの男が何も言わず僕の隣に乗り込んできた。

乗り込んできたのは、知らない男だった。

ポロシャツを着た、ハゲた親父だった。

僕の頭は一気に混乱した。

なぜこんな人気のない道に男が突然現れたのか、とか、なぜ男が勝手に乗り込んできたのか、とか、なぜそのことに対して運転手のリアクションがまったくないのか、とか、そういうことが一切わからなかった。

ハゲた男は額《ひたい》に汗を浮かべ、微笑《ほほえ》んでいた。そしてにこにこしたまま、まだ呆然としている僕をものすごい力でぐいぐいと押して中央に詰めさせると、ドアを叩きつけるように力強く閉めた。

その、バタン、という衝撃で、身体中の血がすべて足元の方へ、すうっと流れ落ちた気がした。

なんとか気を取り直してヤマコのほうを見ると、僕と同じ曖昧《あいまい》な表情のまま口に笑みの残骸のようなものだけを貼り付かせていた。

僕の視線に気づいたヤマコは、脳天から魂《たましい》が抜けていきそうな声で、

「相乗りかなあ？」

と言って首を傾げた。

僕も負けじとヘラヘラし、「あ。そうかもそうかも。相乗りかもね」と小刻みに頷いた。

「そういうタクシーだったのかもね」

助手席でづっちんも言い、づっちんが言うならねぇ、となんとなく合点がいったような空気が僕らの中に流れた。

そうだ。

そういうタクシーだったのだ。

アクセルが踏まれ、再びタクシーが発車した。すると、ハゲた親父が僕らにはわからない言葉で運転手に向かって話しかけ、さきほどまで無言だった運転手が別人のようにそれに答え出した。内容は理解できなかったが、「ジャパニーズ」という言葉が

やけに繰り返されていることだけはわかった。

「友達っぽいね」とづっちんがぽつりと呟いた。

「そうね。ぽいね」

と僕も軽く笑いながら答えた。

「あれじゃん？　いつもこの辺通る時は、乗せてあげてるんじゃん？」

「思い出した。テレビでそういうバス、観たことあるわ」

「あー。ある、ある。私物化しちゃってるやつね」

そうそう。そうそうそうそうそう。じゃあこの運転手、優しいひとじゃん。最高じゃん。僕らはこの状況にまったく動揺などしていない感じを装ったまま、最近気になるアーティストの話題を始めた。最後に行ったライヴがどうだったとか、グッズのクオリティが最近落ちてるみたいな会話の間じゅう、僕はなんとなくヤマコ側の窓の外を視界に入れ続けていた。この速度ならまだ怪我《けが》せずに飛び降りられるのではないか、このくらいならまだ、と思っているうちにスピードが増した。

もう、降りられる速度ではなかった。

そういえば乗ってすぐに、この運転手がスマホを取り出して誰かにこそこそ連絡していたということを僕は思い出した。けれども今になってそのことを口にするのも違うのかな、と思い、僕はヤマコから「ハネケン、食べる?」と勧められたスナック菓子に「あ、食べる食べるー」と笑いながら手を伸ばした。

「何これ、じゃがりこ？　日本から持ってきたの？」

「うん」

「さすがだね」

と僕は頷き、自然な感じで隣の男からそっと離れようとした。さっきからタクシーが揺れるたび、僕らの体はくっついたり離れたりを繰り返していたからだ。

男の体はぬるぬると汗ばんでいて、そして、微《かす》かに臭《にお》った。身体中の毛穴が脇の汗腺と繋がっているのではないかと思うような刺激臭が、僕にだけわかるレベルで放たれていた。

けれど、臭《くさ》さなどこの世には存在しない。

「臭い」と思う、ひとの心があるだけである。

だから僕が今臭いと感じるとしたら、それは僕の心が臭うっていう話なんだ。

そういう僕の心のせいで、内側から発光した存在でありたいのに、僕だけが今、輝けていない。男の悪いヴァイブス、ネガティブなヴァイブスみたいなものが、密着した皮膚を通じてどんどん流れ込んできて、心がどす黒くなっていくような気がして仕方なかった。

僕は横目で男の様子を盗み見た。人の良さそうな親父だ。目尻が顔から流れ落ちそうなほど垂れ下がっている。ポロシャツはこざっぱりしていて、襟《えり》が立てられていた。金メッキの指輪がなんとなく下品だったが、とりあえずちゃんとした仕事に就いていそうだと、こっそり息を吐き出しかけた瞬間、車が大きく傾き、男が僕の方に思いきりぶつかってきた。

体勢を崩した男の向こう側に、真っ黒なゴミ袋が見えた。

僕がそのゴミ袋に目を奪われていると、気がついた男はそれを猛烈な勢いで僕の視界から隠した。

そのことをどう捉《とら》えていいかわからず、僕はとりあえず何事もなかったかのように窓のほうへ目を逸らした。が、考えれば考えるほど、今の男の行動はどんな馬鹿でもおかしいと思わずにはいられないことだったような気がし始めた。

頭の裏側が石で殴《なぐ》られたように痺《しび》れ出していた。

タクシーは走り続けている。

どこにいくのだろう。

どこでもいいのだ。

どことかないのだ。

僕はどんどん鈍くなっていく頭の中で、そう繰り返し続けていた。途中、寄せ合うように連なっている民家の灯らしきものが目に入り、思わずこのタクシーから降りてあの家の人に助けを求めたいという衝動に駆られたが、結局、お気に入りの曲を口ずさむづっちんとヤマコに同調して、僕もハモリのパートを担当した。

だって、もし本気でヤバければ、こんな感じでいられるはずがないのだ。何しろ僕らは今、じゃがりこを食べながらお気に入りのアーティストの歌とか歌っている。じゃがりこを食べている人間によくないことが起こるはずがない。

しかし一点、どうしても気になり続けていることもあった。

タクシーがついに畦道を抜け、街灯のない山道を走り出した辺りから、隣の男の息遣いが微妙に荒くなり始めたことだった。男はなぜか今も真っ暗な窓の外に向かって微笑んでいる。

男の、微かに上下する肩をじっと見ていると、血だまりでもできていくかのように頭の裏側がさらに痺れ、どんどん重たくなっていった。

黙っているのが苦しくなって、

「あのさあ、」

と僕は歌っているづっちんとヤマコに割り込んだ。すると二人はどことなくほっとした様子で、

「なになに」

「どしたの」

と同時に訊き返してきた。

「うん。あの、っていうか」

と僕はしどろもどろになりながら、「二人とも、今ラインの通知音設定オンにしてる？」と訊いた。

「え。通知音？　してるよ」

「私も」

「あ、そう。僕もなんだけど」

「うん」

「ちょっと、鳴らないようにしてくれない？」

「え、なんで？　ハネケン」みたいな答えが返ってくるだろうと思っていたにもかか

わらず、二人は何も言わずに自分達のスマホを触り出した。その別人のような真顔を見て、僕は混乱した。づっちんとヤマコがなんでもなさそうにしていることだけが、今この場が安全であるという根拠らしい根拠だったのだ。

頭が真っ白になりながら、自分の通知音設定をオフにすると、

【どうした、ハネケン】

とづっちんからメッセージが即座に届いた。

その瞬間、体が骨から溶けていくような安堵感に包まれた。

ひとりというプレッシャーからの解放だった。

張り詰めていた緊張がどっと緩んだ僕は、何も考えずに【イエー】と打ち込み送信してしまった。

僕からのメッセージを読み、二人の表情が強張《こわば》るのが気配でわかった。

づっちんがただならぬ様子で指を動かし始める。

スマホが震える。おそるおそる目を通すと、そこには、

【イエ〜】

というづっちんからの返事が届いていた。

隣で顔を引き攣らせるヤマコからも、

【イエ～】

という文面とともに、尻を振るキャラクターが送られてきた。

僕はこう考えることにした。

もし本気でヤバい状況なら、こんなノリの返事が送られてくるはずがないのだ、と。

もちろんそうに決まっている。それでも僕は一応、男の不審な動きについてありのまま伝えておこうと文章を作成することにした。

【ちょっと、いい？】

今度は慎重に書き出した。

【うん】

【どした？】

ほぼ間髪を容《い》れずにリアクションが返ってくる。

【どう、ってほどのことでもないかもしれないんだけど、】

【うんうん】

【はいはい】

づっちんが「ここの歌詞、サイコーだよねー」と言い、ヤマコも首を振りながら「サイコーサイコー」と相槌《あいづち》を打ってくれている間に、僕は【ネガティブな意味じゃ全然なくて】と続けた。

【はいはい】

【隣の親父】と僕は打った。【ヤバめのやつ、持ってる】

【え、】

【と、いうと???】

【わかんない】と僕。【でも、触ったら硬かった】

【え、まじでどゆこと?】

【棒持参?】

【っていうか】

僕は少し躊躇ってから、続きを打った。【スコップ?】

リアクションが途絶えた。

【的なもの、入ってるかも】とすぐに続けると、【なんかヤバそうだね】というレスがヤマコから付いた。

僕も【ヤバそうだね】と返した。

【でもネガティブな意味じゃないよね？】とづっちん。

【あ、それはもちろん】と僕は即答した。

その時、づっちんがちょうど流れた歌のサビを歌い出し、僕とヤマコもつられるようにして歌った。

しばらくして、

【怖い】

というヤマコのコメントがぽつりと送られてきた。

【超怖い】

僕は思いきって、【このまま殺されるとかないよね？】と呟いてみた。

車内の空気が張り詰めた。

マズい、と本能的に感じて、僕は咄嗟に「w」と打った。

【w】

【ww】

【www】

誰からも返信はないまま、気づくと、ヤマコのスマホから流れている曲が終わりかけていた。

顔をあげると、僕とづっちんの目があった。

づっちんは軽く目だけで頷き、すばやく自分のスマホから別の曲をかけ始めた。息が止まりそうになりながら隣を窺《うかが》うと、男は相変わらず窓の外に得体の知れない笑みを向け続けていた。

【山に、連れてかれてるね】というコメントとともに、ヤマコから画像が送られてきた。暗くてよくわからなかったが、生い茂る木々のようなものが写っているらしかった。

【……置き去り？】

【まじで？】

【やば】

【やば】

【死にたくないよね】

【うん。死にたくないね】

【絶対、生きたい】

【いや生きるだろ】

【生きる普通に】

【くそ生きてやる】

【まじで】

【死とかつよすぎｗｗ】

【生きよーぜ、俺たち】

【生きよう】

【生きるしかねえ】

僕らは次々に打ち込んだ。そして、

【死はまじでやべえｗｗ】

という、づっちんからのレスを読んだところで、僕の頭の中でまたズゴッと何かの外れる、あの音がした。

ライン上で必死にやりとりするほど、その文字を打ち込んだのが自分であるという実感が抜け落ちていくことに、僕は少し前から気がついていた。

それどころか、こんなふうに「怖い」と書ける時点で、実は本当には怖がってはいないのかな、という気さえしてくるのだった。

いや、でも僕は怖い。

発狂しそうになるほど、怖い。

僕は雑念を頭から振り払い、【逃げよう】と打った。

【逃げよう！】

【うんうん。逃げよう!!】

【今すぐ逃げよう!!!!!!】

というレスがすぐに続いたが、誰からもそのための具体的な案は出てこなかった。

それどころか、増えていく「！」マークのせいで緊張感がまた薄れ出し、御馴染みの奇妙に楽観的なムードのようなものがライン上に漂い始めていた。

【逃げるしかね】

【それだ】

【逃げる】

【それぃ!!】

【逃げるぞう!!】

【逃げ逃げｗｗ】

僕は頭の奥で、僕っぽい何かがあげる獣のような呻《うめ》き声を聞きながら、キャラクターが「命は尊いゾ！」と笑顔で叫んでいるスタンプを送ろうとしていた。

その時だった。

車が突然停まった。

山の中に突如出現した不自然な空き地に、老朽化した建物がぽつんと建っていた。まったく何もない闇の中で降ろされるのではないかと想像していた僕は、一応、そのことに安堵した。

隣の男が料金を支払い、ひとりで下車するかもしれないと密かに期待したが、男は財布を出すそぶりも見せずにドアを開けた。そもそも男はバッグらしきものすら持っていなかった。そして例の真っ黒な大きなゴミ袋を無造作に摑《つか》んで地面に降り立つと、続いて運転手も何も言わず外に出た。

二人は山の空気を吸い込んで、伸びをした。

目配せのようなものを短く交わし合ったような気がした。

男が車内を覗き込み、首だけ振って小さくジャスチャーを寄越《よこ》していることに気づいた僕は「え、なんか降りろって言われてるみたいなんだけど」と笑いながら言った。

「マジで？　ここで？」というづっちんもなぜか笑っていた。

ヤマコが英語でガイドブックを片手に目的地は違う場所だと訴えたが、ほどなく全員が車から降ろされた。

どう見ても人気のない山中だった。

暴力的なほど濃い木々の匂いと虫の声に圧倒されていると、暗闇の中、建物に向かって歩くように男達に懐中電灯で促された。

地面を踏みしめながら、今なら三人散り散りになって全力で走れば助かるのではないか、という考えがちらと頭をかすめたが、やはり誰もそんなことを言い出さないので、僕らは校庭を休み時間に移動している学生のようにたらたらと歩いた。づっちんのスマホからは相変わらず、ポジティブなメッセージを発するバンドの曲がエンドレスで流されていた。僕の手には齧《かじ》りかけのじゃがりこが握られていた。

僕らは「うっわ。暗い。マジ暗いわー」などと騒ぎながら、三人で固まってスマホで前方を照らし、ぼうぼうに生い茂っている雑草を踏みしめて進んだ。

近づくにつれ、建物の階段部分には蔦《つた》が茂り、壁はひび割れ、すべての窓が枠だけになってしまっていることがわかった。

どうやら、使われていない送電所のようだった。

「これさあ、中に入ったらヤバそうじゃない？」

と入り口前の階段で、さすがに僕は足を止めた。

そういう僕の体はさっきから震えが止まらなかった。

「うそ。ほんとー？」

後ろからついてきていたヤマコが素《す》っ頓狂《とんきょう》な声で答えた。

振り返ると、ヤマコの顔面は引き攣っていた。

「ちょっとさあ、マジで何がどうなってんの」

と笑うづっちんの瞳孔《どうこう》も完全に開き切っていた。

後ろを振り返ると、懐中電灯を持った運転手と男が牛を柵《さく》の中にでも誘導するかのように僕らを建物へ追い込もうとしていた。

僕らにどこか緊張感がないせいか、男達も弛緩して見えた。

おかしなことなど何もない、日常的な風景に見えた。

けれど、そのことが吐きそうになるほど怖かった。

僕はづっちんに目線を送り、気づいたづっちんもヤマコに同じことをした。誰かわかりやすくパニック状態に陥《おちい》ればいいのに、と僕は思った。しかしみんななぜかニタニタするばかりで、なんのアクションも起こさない。一瞬、頭の中で、二人を置き去りにして猛ダッシュして逃げろという声がした。でも実際には、僕もみんなと同じようにじゃがりこを握りしめてニタニタと意味不明の笑いを浮かべ続けているだけだった。

運転手が僕らに前へ進めと促した。

「なんか怒ってるよ」

とづっちんが言った。

「え、マジで」

「怒ってるのとか、ウケるね」

「ウケる。マジウケる」

階段を一段上がったその時、ずっと堪えていた発狂しそうなほどネガティブな感じが、猛烈に襲いかかってきた。僕は悲鳴を圧し殺しながら、ぐっと笑顔を作ると、

「ねえ、写真撮らない？」

と足を止めて振り返った。

「あ、いいねえ。いいねえ」

「この建物バックにする？」

「いいじゃん。この壁、ぼろぼろでかわいいじゃん」

二人もやはり底抜けに明るい声を出し、異常なノリのよさで食いついてきた。

づっちんがすかさず自撮り棒を取り出し、スマホをその先に取り付けた。男達はそんな僕らの様子を信じられないような目で眺め、首を振ってせせら嗤《わら》った。何か短い会話を交わしたが、階段で撮影場所を決め始めた僕らを止めようとはしなかった。

「いくよー」

スマホが高々と突き上げられ、僕らはそのディスプレイに映る自分達を覗き込みながらポーズを取った。

誰ともなく、全員で「クアラルンプゥウゥル！」と叫んでいた。

そして僕らはほとんど同時に、ディスプレイの片隅にいる何かが、こちらに近づいてくることに気がついた。

無表情の男達だった。

それでも、僕らは笑っていた。ディスプレイの中の、最高に楽しそうな自分達を見つめて、フラッシュが瞬くのを待ち続けていた。

奥さん、犬は大丈夫だよね？

私は今、曲がり角の先をじっと見ている。隣には旦那がいて、私達はもう三十分も前から、この一度も訪れたことのない町の、二度と来ることもないだろう、見知らぬ他人の家の花壇に腰かけている。私はコートのポケットに突っ込んだ指先をこすって暖めようとしている。

私達は見知らぬ他人の家の前の花壇に腰かけるような歳ではない。むしろ、そういう子供や若者がいたら率先して注意しなければならない年齢だ。私達は二人とも、もし誰かが現れたらすぐに立てるようにと細心の注意を払っている。玄関のドアが今にも開いて家人が出てくるんじゃないかと注意深く耳を澄ましている。

私は花壇に敷かれた霜《しも》が降りた黒い土を見ながら、来年の春、ここにはなんの球根が植えられるんだろうと想像する。それから、旦那の同僚夫妻がやってくるはずの曲がり角に視線を戻し、なぜこんな場所を待ち合わせに指定したんだろうと、何度も考えたことをもう一度考える。私は彼らとまだ顔を合わせたことがない。まったくの赤の他人だ。それなのに私達は今日これから、四人一緒にキャンピングカーに乗って一泊二日の旅をしなければならないのだ。よく知らない人間と家族ぐるみで付き合わなければならない。世の中にこれほどうんざりすることが他にあるのだろうか。私はまた凍《こお》った土の下のことを考えようとする。

「ねえ、ちょっと」

しばらくして私は旦那に声をかける。これから来る夫妻の名前を忘れてしまったので、もう一度確認しようと思ったのだ。でも旦那は何も言わず、むすっとしている。上着のポケットに両手を突っ込み、自分の足元をじっと見下ろしている。昨夜、また私が約束を破ってしまったことをまだ怒っているんだろう。私は名前を訊くことを諦める。そもそも大した興味はないのだ。

やがて曲がり角から、一台の車がのろのろと現れて、私達はほぼ同時に立ち上がる。でもキャンピングカーはまるで栓が詰まってしまったみたいに動かなくなる。車体が長すぎて、角を曲がりきれないのだろう。

「大丈夫かしらね、あれ」

私が呆《あき》れたように呟くと、旦那は何も言わず小走りで駆け寄り、車体が壁にこすれないように、運転手に細かく指示を出し始めた。何度も切り返し、どうにか車が進行方向を変えるのを私はぼんやり眺めている。いっそ、あのまま詰まってくれないだろうか。旦那がドアを開けて中に乗り込むところを見ながら、私はコートの尻についた土を軽く払う。そして、妻らしい笑顔で妻らしく手を振る準備をする。

キャンピングカーがようやく前までやって来て、男が運転席の窓を開けて開口一番にこう言う。

「奥さん、一泊なのにすごい荷物ですね」

その瞬間、助手席に座った旦那の視線が、私にさっと注がれる。キャンピングカーで旅行なんてしたことなくて。何があるのかわからなくて。私が何かそれらしいことを言うより先に、男は「遅くなって申し訳ない。こいつを借りる手続きでちょっとトラブルがあったもんで」と悪意のない笑顔を見せる。首の太い、大柄な男だ。旦那の同僚と言うから同世代かと思っていたが、一回り以上は上に見える。善良そうだが、田舎者臭い。私の回りにこういう知り合いは一人もいない。

いいんです、と私は言う。高い位置に窓があるせいで、私は見上げるようにして男と話さなければならない。ひとつひとつが家のようにどっしりと並んだ男の歯を見ながら、自己紹介をしてくれるかと期待するが、男は「あ。どうぞどうぞ。奥さんも乗っちゃってよ」と促すだけで、名乗ろうとはしない。「これ、我々の今夜の宿。気に入ってもらえるといいんだけどね」

私も妻らしく、またよそ行きの笑顔を作る。でも実際はこんなものに乗りたいと思う人間がまったく理解できない。旦那が私のことを紹介してくれるのを少し待ってみるが、彼は助手席の背もたれの角度をいつまでも調節している。夜までそうするつもりかもしれない。そのうち後ろから自動車が一台やって来たので、私はドアをスライドさせて、キャンピングカーに慌てて乗り込む。

ステップを上がると、中は精巧にできた家の模型のようだった。小さなテーブル。小さなソファ。小さなコンロ。小さな流し。コンロの上についた換気扇のあたりにはいくつかフックがあって、アルマイト製のマグカップやフライ返しなどが、おもちゃのようにぶら下がっている。窓だけがやけに大きい。窓枠の両端には、ここが住居スペースであることの証のように、カーテンがきちんと結わえられている。

「どうよ、奥さん」と男が振り返って訊く。「ちょっと狭いけど、なかなかいいでしょ？」

私は男の気さくな様子につられて頷く。「私、キャンピングカーに乗るの初めてなんです」

「寛《くつろ》いでてね。あとでいろいろ説明しますから」男はそう言うと、見た目に似合わず慎重にアクセルを踏んでキャンピングカーを発車させる。私がよろめくと、「失敬」と男が前を向いたまま言う。「俺もまだ扱いに慣れてないもんでね」

ちゃんとハンガーをかけるためのフックまであることに驚きを覚えながら、私はコートを脱ぐ。それから窓際に設置された小さなテーブルセットのほうへ近寄って、ソファとベンチの合いの子のような硬い椅子に腰を下ろす。もしかすると、このベンチも夜にはベッドになるのかもしれない。窓からは冬の日差しが光線のように降り注ぎ、テーブルを温めている。

男が遅れた経緯を旦那に話す声が聞こえてくる。オーナーの駐車場がこの近くでさあ。参っちゃったよ。他のキャンピングカーの中まで見せてくれるのはいいんだけど、話が全然終わらないんだよ。結局四台も見せられちゃってさあ。それじゃあその人は、自分が使わない時はこうやって他人にレンタルして元を取ってるんですか。そう言ってたよ、駐車場代だけでも維持費が馬鹿になんないって。

旦那の口調から、男が特に親しい同僚ではないことを私は察する。一体どういうつもりで他人の家族旅行に便乗したのか、ますますわからなくなる。しばらく彼らは話している。職場の話題だ。私はそんな退屈な話に無理して相槌を打ったりしなくて済むことに安堵しながら、一度も洗ったことのなさそうな毛羽立ったカーテンの生地を目で追っている。でもそのうちいい加減うんざりして、「そういえば、奥さんは？」と後ろから口を挟む。「てっきり、そちらもご夫婦でいらっしゃるんだとばかり思ってたんですけど」

え、と男は驚いたような声を出す。そして運転しながら旦那のほうをちらりと見る。お前、ちゃんと説明してないの。旦那は前を向いたまま言う。奥さんは最後に乗って来るんだよ。今から合流するんだよ。

旦那の無愛想な説明に、私と男の視線がバックミラー越しに一瞬ぶつかり合う。なぜ男の奥さんが最後なのか知りたいと思ったが、もちろん口には出さない。どうせ合流すればわかるのだ。

私は頬杖をつき、テーブルの端に置かれた雑誌を手に取る。アウトドアの専門誌だ。男が置いたのか、もともとの持ち主のものなのかはわからない。中でも強く折り目がついているページを何の気なしに開くと、キャンピングカーがずらっと並んでいる。

私はそっと目を閉じて瞼《まぶた》の裏側に集中し、別の場所を思い浮かべようとする。ここではない場所のことだ。でも男がブレーキを踏むたびに足元から車が揺れるせいで、キャンピングカーに乗っていることをますます思い知らされてしまう。自分は今、このテーブルやコンロや寝床、フライパンなんかと一緒にごとごと運ばれて、い、る、という、わけだ。もしもこの車が自分の持ち物なら、私はまちがいなく今ここにある冴えない内装や備品を捨てて、何もかも新しく買い揃えるだろう。吟味を重ね、完璧になるまでたっぷり二ヵ月は費やすだろう。

私はいつもの癖で、買いたいものをメモろうとポケットに手を入れる。でもその瞬間、携帯電話は旦那に取り上げられていることを思い出す。

車は少しの間、嫌がらせのように住宅地を走り続ける。「この公園でうちの嫁さんを待たせてるんだよ」と男の声がして、車が路肩に停まる。

どうも初めまして奥さん、と旦那が助手席側の窓を開けて挨拶《あいさつ》する声を、私は目を閉じたまま聞いている。でも結局は目を開ける。開けないわけにはいかない。

妻らしく挨拶しようと立ち上がりかけた時、突然、身を捻《ひね》った運転席の男に「奥さん、犬は大丈夫だよね？」と大声で訊かれる。「大丈夫って、おたくの旦那からは聞いてるんだけど」

私は目を丸くして、その質問の意味を尋ねようとする。しかしそれより早くステップに通じるドアがスライドし、大きな雪の塊《かたまり》のようなものが駆け上がりながら乗り込んでくる。犬だ。セーターを着た犬。啞然《あぜん》としていると、その白い犬はちぎれそうなほど尻尾を振りながら、ソファに飛び上がろうと前足を激しく動かし始める。「こら、ダメでしょ」と言いながら犬の後ろから手すりを摑んで、くたびれたフリースを着た小柄な女が現れる。丸顔の平凡な顔立ちの女。外で長い間待たされていたのか、頰が子供のように赤らんでいる。

男は体を捻ったまま家族を紹介した。

「うちの嫁さんと、桃子《ももこ》です」

スピッツで四歳です、と男は言う。奥さんの名前も教えてくれるかと思ったが、男は何も言わない。奥さんはソファを引っかこうとしている犬をしゃがんで押さえながら、ちょっと桃子、いい子にしなよ、と小柄な割に低い声で言う。そして、今日はよろしくお願いします、と頭を下げる。私も、よろしくお願いしますと頭を下げる。それから戸惑いの表情を作って説明を待つ。

「奥さん、このキャンピングカー、本当はペット禁止なんです」と男は言う。「だからうちの嫁さんには、わざわざ少し離れたところで待っててもらったんです。キャンピングカーのオーナーにバレたら、罰金なんでね」男はハンドルから大きな片手だけ離して、犬の頭を撫でてやる。

私は「そうなんですか」とだけ言う。そしてペット禁止の車になぜ犬が乗って来るのか、更に詳しい説明を待つ。旦那は私の顔を見ようともしない。

「犬は大丈夫なんだよね？　奥さん」男が念押しするように私の表情を窺う。

私が曖昧に首を傾げると、男は「あちゃあ」と呟いて、雑巾《ぞうきん》みたいな大きな手のひらで顔を包む。何だよ、お前。奥さんにちゃんと説明してなかったの？　夫が答えるよりも先に奥さんが私を見上げて、「私ら、この子を飼い始めてから、泊まりで旅行なんかしたことなくて」と懇願するような口調で話し始める。「そもそもこの旅行は、桃子のために考えたようなものなんですよ」

私はにっこりと笑い、犬と一緒でも構わない、と言ってやる。他に何が言えるだろう？

奥さんは心から安心したように息を吐くと、手を犬の頭から離す。そして、リードを外して桃子を自由にさせてもいいか、と私に許可を求める。桃子は人間の言葉がわかるから絶対に嚙《か》まないんですよ。彼女は本気でそう言う。

「ようし、これで全員集合だ」と男が前を向いて、キャンピングカーがそろそろと息を吐きながら、おっかなびっくり出発する。リードを外された犬はさもありなんという顔で床をちょこまか動き回っている。奥さんはしばらく荷物を漁ったあと、何かを手にして立ち上がる。犬用の水の器だ。そして車内をうろうろしてから、ステップの近くに器を置いてもいいか、と私に尋ねる。

どうぞ、と私は言う。そしてこれ以上何かの許可を求められる前に、窓の外に視線を向ける。立ち並ぶ家々を眺めていると、少しして何か汚らしい音がし始める。桃子が皿に顔を埋めて水を飲む音だ。

その時、男が思いついたように「寝床を決めないとな」と声をあげる。「奥さん、どっちがいい？　好きなほうでいいよ。遠慮しないで選んでよ」と運転席の頭上と車の後部をそれぞれ指差す。私は少し考えたあと、ロフト部分をもらってもいいか、と遠慮がちに聞こえるように希望を出す。夫妻は、自分達こそ本当にどちらでも構わないから好きなほうに寝てほしい、と快く譲ってくれる。

私は立ち上がって小さな梯子《はしご》を登り、今晩旦那と二人で寝るその隙間に荷物を押し込む。ロフトと呼ぶのも憚《はばか》られるほどわずかな空間に。隙間を見ているうち、なぜか首の後ろがそそけ立つような感覚に襲われ、私は慌てて目を逸らす。注意深く梯子を降りると、奥さんが「コーヒーはどうですか？」と声をかけてくれる。「ありがとう」と言いながら振り向いた私は、ぎょっとする。見たこともないほど特大の魔法瓶が、奥さんの腕に抱えられていたからだ。

「毎回沸《わ》かすのも大変だから」と私の視線に気づいた奥さんが恥ずかしそうに魔法瓶の蓋《ふた》を開ける。「これなら作るたびに保温しておけるし。何かある時は必ず持ち歩くんですよ」

「気が利きますね」と私はソファベンチに腰かける。

「うちの人、本当に信じられないくらいコーヒーを飲むんですよ」と奥さんは言いながら、マグカップに黒い液体をゆっくり注ぎ始めたので、私はカップを押さえてやる。私の分を注ぎ終えたあと、「前の二人の分も」とタンブラーを用意する。

コーヒーが全員に行き渡る。私は「ありがとう」と言いながら、マグカップに口をつけて——あまりのまずさにちょっと息を吞む。信じられないほど薄い上に、ぬるすぎるのだ。それに気のせいかもしれないが、微かに臭う。なんの臭いだろう？　思わず液体を見つめて、私はその表面に白い毛らしきものが一本浮かんでいるのを発見する。奥さんの顔を窺うが、彼女はなんとも思っていない様子でカップを口に運んでいる。男も運転席で何も言わずに飲んでいるのが目に入る。旦那の反応はわからない。私の位置からでは、彼の後頭部と背中しか見えない。

「今度の旅行を企画したのは、うちの嫁さんなんだよ」と男が話し始める。「信じられないよな。結婚して八年目に、子供の頃からキャンピングカーで生活するのが夢だったって話を聞かされるなんて」

「へぇ、本当に？」と旦那が調子を合わせる。「奥さん、そんなワイルドな夢を持つタイプには見えませんけどね」

「本当だよな」と男も苦笑する。

奥さんは何も言わない。ビーフジャーキーを細かく裂いてテーブルの下の犬にあげているのだ。「よく嚙むのよ」と彼女は犬に向かって諭《さと》すように言う。そしてまたビーフジャーキーを真剣な表情で細かく裂き始める。自家製だというその乾燥肉の独特の匂いが車内に充満しているような気がして、私は思わず窓を全開にしたくなる。

「マイホームの話がたまたま出たんだよ」と男が言う。「それで、うちの嫁さんがいきなりそんなことを言い出してさ」

「でも、実際にそんなことが可能なの？」私はマグカップを両手で包んだまままつい訊いてしまう。奥さんが少し驚いた様子でこちらを見たので、「もちろん、すごく素敵だと思うけど。でもこういう車で、人が暮らすことなんてできるの？　実際に」と口調を和らげて言い直す。

「俺達調べたんですよ」と男が答える。「そしたらね、駐車場の許可さえおりれば、問題はないみたいなんだな」

「でも、不便よね」と私はまた口を挟む。「問題はないかもしれないけど。ものすごく不便な生活よね」

「もともと私達、そこまで快適に暮らしたいとは思わないんですよ。それよりも少し不便なほうが楽しいくらいで」

「楽しい？」奥さんの言葉が私は信じられずに聞き返す。

男が頷いて引き継ぐ。「そうなんですよ。俺達、不便なほうがむしろ楽しいんです。買ったものより、自分達で作ったもののほうが愛着も湧くし、それに車なら、ほら、こんなふうにどこでも桃子と一緒に旅行ができるもんな」男はそう言うと、まずいコーヒーを飲んで幸せそうに笑う。私はもしかすると彼が脳の重大な病気にかかっているのではないかと心配になる。

でも結局「すごいわね」と言ってやる。それから、マグカップを傾けて、こっそり鼻先をひくつかせる。やはりコーヒーからは犬の臭いがする。

「すごいわね」とそれが何に対しての言葉なのか、自分でもよくわからないまま私はもう一度口にする。

奥さんは一時間ごとに車を停めて、外の空気を吸いたがった。桃子のためだ。公園や道の駅のようなところを見つけては、あそこで降ろしてほしいと男に頼み、男はその都度、申し訳なさそうに私に許可を求めた。

私は窓越しに、リードをつけられている桃子を眺めている。夫妻は仲睦《なかむつ》まじく、散歩に必要なものがすべて詰まった小さなバッグを持って、散歩を開始したところだ。大柄な旦那と小柄な妻。手編みのセーターを着せられた不恰好な犬がちょこちょこと二人の間を歩いたり、走ったり、その場をぐるぐる回ったりしている。私は壁にかけられた時計を見る。散歩の時間は毎回十五分ほど。その間、残された者は車でおとなしく待っているか、辺りをぶらぶら散策して時間を潰さなければならない。

私はポーチから小さなスプレーボトルを取り出すと、テーブルの、特に桃子が涎《よだれ》を垂らしていた辺りを中心に念入りに吹きかけ、ティッシュでその水分をきれいに拭き取る。先週取り寄せた、一流レストランの厨房でも使われている除菌スプレーだ。

流しにマグカップの中身を素早く流し、水で琥珀《こはく》の液体が捨てられた痕跡をすっかり消すと、私は「自販機で飲み物買ってくるけど、何かいる？」と助手席の旦那に声をかける。五秒ほど待っても返事がないことを確認し、コートを羽織る。財布だけを持ってドアを開ける。

新鮮な外の空気をたっぷり吸い込むと、乾燥肉の臭いがようやく鼻先から消える。鋭い風にさらされないように髪の毛で両耳を覆《おお》って、凍りかけたアスファルトの上を慎重に歩きながら、私はさきほど受けた男の説明を思い出す。自分達は今日、三時間以上かけて隣の県まで行き、道の駅を目指すのだ。そして、その道の駅の駐車場に車を停め、一夜を過ごす。「それがキャンピングカー旅行の醍醐味ですよ」という男の言葉が苦々しく蘇《よみがえ》る。

木造の休憩所のガラス戸を開ける。寒々しい簡素な小屋に、自動販売機が三台。窓際にはベンチ。中央に赤いペンキの剝《は》げた足つきの灰皿がある。私は小銭を取り出し缶コーヒーを買う。ベンチに腰を下ろし、温かい液体をゆっくり喉《のど》に流し込む。

寒さに奥歯を嚙み締めながら、しばらくそこで時間を潰す。ひび割れたコンクリートの床を見つめて、奥さんの使い込まれた魔法瓶のことを考える。あの模様の剝げた、赤ん坊のような特大の魔法瓶のことだ。コーヒーがあれほどぬるかったのは、もう保温する機能が失われているからだろう。私だったら、今すぐ買い直すのに。ぼんやりそんなことを考えていると、ガラス戸が大きな音を立てて開いて、どきりとする。夫妻にコーヒーを買った言い訳をしなければ、と咄嗟《とっさ》に思うが、すぐにその必要はないとわかる。

旦那は自分以外誰もいないかのように靴《くつ》を鳴らして自動販売機に近づいていく。飲み物を取り出すと、私から一番離れたところに腰を下ろす。プルタブをあげる音。手の中には私と同じ、ブラックの缶コーヒーが握られている。私は彼とは反対のほうに貼られている消防署の火災予防ポスターに書かれている字を時間をかけてすべて読む。歯の隙間からコーヒーを啜る音を聞いたような気がして、桃子がぺちゃぺちゃ舌で立てていた水の音を思い出していると、「どう」と旦那に声をかけられて、私は少し驚く。「楽しんでる?」と旦那はこちらを見もせずに訊く。

私は黙っている。この人がどんなつもりでそんな質問をしたかわからないからだ。旦那はまた「たまには旅行もいいだろ」と意味ありげに言う。

「どうしてこんなことしようと思ったの?」私は一番訊きたかった疑問をぶつける。

「大して親しくもない人達みたいだけど」

「別に。一緒に行ける家族を探してたから。なんとなく」そう言って、旦那はコーヒーを一口啜る。「それより、自分だけ荷物が大きいってことには気づいた?」

「荷物?」と私は訝る。

「そう」

「気づいたけど。それがなんなの？」

旦那は何も言わない。それがなんなのか、私に言わせたいのだ。私は我慢できずに「ねえ、携帯返してよ」と言う。「こんなところに来てまで、ネットなんて見るわけないでしょ」

旦那はコーヒーをゆっくり飲む。それから、心からだるそうに「見るだろ」と口を開く。

私は缶を握りしめた指先に力を込めながら「約束を破っちゃったのはね」と話し出す。「悪いと思ってる。本当にね。でもあれは仕方なかったのよ。この旅行に来るのにどうしても必要だったから」

「エアーベッドが？」

「そうよ。だって私が硬い布団の上じゃ眠れないって、あなたも知ってるじゃないの」

「キャンピングカーにまでエアーベッドを買って持ち込もうとする人間のことを、他人はどう思うんだろうな？」

私は今夜の寝床を思い出しながら苦々しく言う。「あんな狭い場所で寝るって知ってたら買わなかったわよ」

旦那が顔を上げて、私を見る。よそよそしい視線を浴びせたあと、私の言ったことなんか聞こえなかったみたいに「人と触れ合うのっていいだろ」と言う。「あの夫婦はさ、職場でもものすごい倹約家で有名なんだ。俺達みたいになんでもすぐ金で解決しようなんて思わないんだよ」

「でも、貧乏臭い」と私は言い切る。

旦那が私を視界から外す。私は買ったばかりのニットに付着した無数の白い毛を見せながら「だって見てよ、これ」と腕を突き出す。

旦那は一瞥《いちべつ》して「ただの毛だろ」と吐き捨てる。彼が今したいのは、この話ではないのだ。でも、私は犬の毛の話がしたいと猛烈に思う。臭うコーヒーや、退屈で冴えない夫婦について。彼らが犬を本気で自分達の子供のように扱うことについて。でも結局、私達はそれきり、演出家に手を叩かれた役者のように会話をやめてしまう。それぞれがてんでばらばらの方向を見ながら、コーヒーを喉に流し続ける。

窓の向こうで、夫妻と犬が小さな三つの点のようにくっついたり離れたりしているのを少しだけ眺めたあと、私は「先に戻ってるから」と立ち上がる。

ゴミ箱に缶を捨てると、旦那の無言の力に押し出されるようにして休憩所の外に出た。肺にまで冷え切った空気を送り込んでいると、三つの点のうちのふたつが、こちらに手を振っていることに気づく。私は改めて夫妻のことを好きになれないと思う。あんなふうに無邪気に、屈託なく手を振れてしまう人間のことを。体から切り離されて独立した生き物のように、私は手を大きく振り返してやる。こちらの表情がわからないほど離れていてよかったと思いながら。

キャンピングカーで待っていると、夫妻が桃子をつれて戻ってくる。まるで老夫婦のようにお互いに肩を貸し、彼らがブーツを脱がせあうところを、私は送風口の真下で暖まりながらじっと眺める。

「お待たせしちゃって申し訳ない」と奥さんお手製のスリッパに履き替えた男が頭を下げる。「こいつがどんどん遠くに行きたがるもんで」

コートをハンガーにかけた奥さんは、リードを外した犬に早速水を飲ませてやりながら「しょうがないじゃない。嬉しいのよ」と言う。それから私のほうを見て「いつも自分だけ置いてけぼりだったってことが、ちゃんとわかってるんです」と言う。犬の話だ。私は頷いてやる。毛糸の帽子のせいで髪の毛がぼさぼさになっているが、奥さんは頓着しない。私は奥さんの、後ろでひとつにまとめられている髪の毛先に目を留め、そして長さが不揃いであることに気づく。自分で切っているのだろう。

男はキャンピングカーの中をぐるりと見回す。そして「おたくの旦那は？」と訊く。

「休憩所です。すぐに戻ってくると思うんですけど」

男は頷き、向かい側の小さなソファベンチにどっかり腰かける。テーブルセットに座る彼は、いよいよ大男に見える。通路にはみ出した船のようなスリッパを見下ろしていると、彼が「奥さん、何かキャンピングカーのことで訊いておきたいことは？」と私に尋ねる。

「そういえば、トイレは付いてないんですね。シャワーとか、そういうものが付いてるものだと思ってたけど」

「付いてないユニットを選んで借りたんですよ」彼は得意げに言う。「トイレがしたくなったらどこかに寄ればいいし、第一、トイレ付きを借りても、みんな結局外に行っちゃうもんでね。だから、こういう時は付いてないユニットを最初から選ぶのがお得だし、裏技なんです」

「裏技」と男の深々とした低音につられて私は繰り返す。

「そう、裏技」と男も少し声を潜《ひそ》めて重ねる。

私達が話している間に、奥さんは手荷物からあの魔法瓶を取り出し、ミニキッチンに向かい始めている。コーヒーを注ぐ奥さんの足元に、桃子がぐるぐるとまとわりつく。男はその犬の背中を長い腕を伸ばして撫でてやりながら、オーナーに返す前に徹底的に毛を掃除するつもりだということを私に説明する。一本も残すわけにはいかないんですよ。その時、奥さんがシンクの底をじっと見ているような気がして、私ははっとする。コーヒーをちゃんと流しきれてなかったのかもしれない。私は我慢できずに立ち上がる。「遅いですね」と言いながら窓の外を見る。「ちょっと見てきたほうがいいかもしれない」

コートを着込み、車から一歩出た瞬間、せっかく暖めた体からあっという間に熱が奪われる。わざわざ休憩所まで探しに行ったが、旦那はどこにもいない。もう戻ったのだろうかと来た道を引き返すと、キャンピングカーの後方に誰かが寄りかかって、煙草《たばこ》を吸っている姿を見つける。

私は近づいていき、「そろそろ出発するって」と声をかける。

旦那は車体に背中をもたせかけて煙草を口に運び続ける。私はコートの襟を掻きよせ、辛抱強く待つ。でもとうとう我慢できずに、「見えてたんじゃないの？」と訊く。

「何が？」旦那はたっぷり間を置いてから返事をする。口に煙草をくわえたまま、帽子を取って、また被り直す。

「私が休憩所まで探しに行くのが。見えてたんじゃない？」

彼は目線を上げてから、全然気がつかなかったと言う。ちょっと考え事をしていた、と。

「考え事って？」

彼は私をちらっと見る。「別に。大したことじゃないけど」

「考え事って？」と私はもう一度訊く。

「別に。ただ十年後、周りに誰が残ってるんだろうなって、なんとなく考えてただけだよ」

「私の周りには、誰も残らないって言いたいの？」

旦那は答えない。曖昧に首を動かして煙草を踏み付けると、のろのろとキャンピングカーのドアへ向かい始める。あとについて車に戻った私は、旦那が男に向かって三十分ほど仮眠を取ってもいいかと申し出ているのを耳にする。

「三十分でも、一時間でも」と男はひらひら片手を動かす。「俺、運転がしてみたくて借りたからさ、ずっと運転したっていいよ」

旦那は礼を言って、足元にまとわりついている犬には一瞥もくれず、梯子を登り始める。旦那の体が隙間へ消えるのと同時に、車が大きく震え出し、発進する。

助手席に座った私は、見たこともない角度から、他の車をじろじろと見下ろす。人でいうところの頭頂部みたいな部分だ。どの車の運転手も、私にそんな部分を見られているなんて夢にも思わない。散々そうしたあと、私はバックミラーを見上げる。そこには腰ミノをつけたココナッツ人形が二体ぶら下がっていて、かちかちと小さな音を立てて揺れている。

「助手席、奥さんが先でよかったのに」と私は言う。「そのほうがきっとよかったのに」

「いやいや」と男は首を振る。握っているハンドルは大きいはずだが、男の手に収まると、ちょうどいいサイズに見える。「俺達、さっき散歩しながら話し合ったんですよ。この旅行はまず奥さんに楽しんでもらわなきゃ始まらないよなって」

「そんなに気を遣ってもらわなくても大丈夫なのに。私なんかより、桃子に楽しんでもらわなきゃ」

男はそれには答えず、ハンドルから片手を離してつまみのようなものをちまちま弄り始める。スピーカーからノイズが流れる。彼はいくつかの局を聞き比べたのち、甘ったるいノスタルジックな音楽が流れている局を選ぶ。そしてドリンクホルダーに置いたタンブラーに手を伸ばし、うまそうに奥さんのコーヒーを口へ運ぶ。いまにも至福のため息を漏らしそうな表情だ。

突然、男は深々とした低音で言う。「裏技なんです、奥さん」

「裏技」私は意味もなく繰り返す。どうしても繰り返さずにはいられない言い方なのだ。

「そうです。オフシーズンをあえて選ぶって裏技です。そうすると、費用が夏の半額くらいまで抑えられるんですよ。あとはこうやって誰かに声をかけて折半しちゃえば、そのまた半分ってわけです。お得でしょ」

私は、そのまま何かものを買わされる人間のように頷く。

「でも、まさかおたくの旦那が興味を持つとは思ってなかったけどね。本当言うと、職場でも数えるほどしか話したことがないんですよ」

私は適当な言葉で返事を濁《にご》す。そして奥さんが人間も食べられるからと言って勧めてくれた自家製ビーフジャーキーを握りしめたまま「そういえば、お二人は倹約家なんですか？」と質問する。一瞬、気を悪くするかと思ったが、男は笑いながら「俺は二度目の結婚なんですよ」と話し始める。「別れた嫁の時は家族で外食して贅沢《ぜいたく》したり、マイホームに住むために、必死で働いたりしてました。でも今の嫁さんと出会って、俺は全然違う人間にされたんですよ」

「不便なほうが楽しいって境地になったのね」と私は言う。

男はシートに背中をもたせて頷く。そしてバックミラー越しに、後ろをちらりと確かめる。私もつられるように確認すると、奥さんがミニキッチンの前で足を踏ん張り、おにぎりに自家製のふりかけをまぶしている姿が目に入る。桃子はテーブルに器用に前足をかけて立ち上がり、窓の外に顔を出している。

「今の嫁さんにはいろいろ諦めてもらったこともあるんで、俺、頭が上がらないんですよ」

私は最初から気になっていたことを思いきって訊いてみる。「お二人は、どのくらい歳が離れてるんですか？」

男は「十五歳です」と答える。「でも一緒に暮らしてると、そういう意識もなくなっちゃいますがね」

「どこで知り合ったんですか？」

「嫁さんが、うちの前に捨てるつもりで出しておいたクリアケースを持ってっていいかって、玄関まで訊きに来たんです。その時、うちには元の嫁さんが置いていった不用品が山ほどあったもんでね」

男の目は交差点の信号に向けられている。男は背中を丸めて、そろそろとその交差点を渡り出す。そして「登山をね、職場の人間とすることになったんですよ」と出し抜けに言う。

私が何と言えばいいかわからないでいると、男はドリンクホルダーからタンブラーを抜いて、話し始める。「俺は体力には全然自信がなくてね。それで前の晩に、せっせと荷物を作ってたんです。どれだけ荷物を少なく、軽くできるかあれこれした挙句《あげく》に、ようやく荷物を作り終えたんです。すぐ出られるように玄関に準備して寝ました。で、当日の早朝、登山靴を履き終えた俺は、準備してあったその荷物を持って、いざ家を出ようとしたんです」一口啜り、タンブラーを戻す。「何気なく、担《かつ》いだんですよ」と男は言う。「そしたら、ゆうべと重さが全然違うんです。驚いて、その場で慌てて中身を確認しました」

私は何も言わず、彼の言葉を待つ。

「何が入ってたと思います？」

私は考え、でもすぐに降参する。「何が入ってたんですか？」

男は答える。「トマトですよ」

「トマト？」

「そうです。トマトです。うちの家庭菜園で採れたやつが、見たこともないくらい大量に、ジップロックに入ってぎっしり詰め込まれてたんです」

それが奥さんの仕業だということを私はすぐに理解する。男は私の表情を横目で確認してから、「驚いてうちの嫁を呼びました。あいつは台所にいて、ちょっと待っててよって返事しました。だから俺は言われた通り、立ったままじっと待ったんです。もう登山靴もしっかり履いてたし、脱ぐのが面倒でね。嫁が来るまで、俺はなんて言えばいいのか考えながら下駄箱の隅に溜まった埃《ほこり》とか、傘《かさ》立ての足なんかを眺めてました」男はまたコーヒーを啜る。私はまるで自分が玄関で待たされているように、その話の続きを待つ。

「でも台所から出てきたうちの嫁は魔法瓶を持ってたんです。ほらこれも、って言いながら、うちの嫁は、あの特大の魔法瓶を俺に持たせたんですよ。それで好きなだけ飲めるでしょ、って言ったんです。トマトも歩きながら食べられるからいいでしょって」

私は思わずバックミラーに視線を向ける。「それで、本当にそのトマトと魔法瓶を持って登ったんですか」

「登りました」とあっさり男は言う。

私はビーフジャーキーを握りしめながら、なぜか打ちのめされたような気持ちになって、シートにもたれかかる。「純粋な人なのね」と言う。他に何を言えばいいんだろう？

男は苦笑する。「奥さんはどういう人なのって訊かれたら、俺は必ずこの話をすることにしてるんです。なんでだか、この話の中に、うちの嫁ってものがまるまるすっぽり入ってるって感じがするもんでね」

私は、なんとなくわかるような気がします、と答える。それから旦那のエピソードを自分も話そうとする。でもいくら探しても、あの人がすっぽりここに入っていると思えるようなエピソードは出て来ない。

しばらく、私達は黙ってラジオから流れる音楽を聞く。他の車がキャンピングカーをどんどん追い越していくのを見ながら、私はカタツムリとナメクジについて考える。どちらの生き方が幸せか。それから男のフリースにへばり付いた毛を見つめ、この男と犬の毛の話をしてみたいとふと思う。白い毛がびっしりと付いた服を毎日着なければならないことを、男はどう感じているんだろう。

「寝てていいですよ」と男が言う。私が座席の隙間に手を入れ、レバーを探していることに気づいたのだ。いつでも布団に入れるのがキャンピングカー旅行の醍醐味ですよ、と男は深々と笑う。

夕方、私達は目的の道の駅に到着する。スーパーに寄って食材を買い込み、奥さんが持参したカセットコンロで鍋を作る。食べ終わると近くの宿で風呂を借り、あとは好きな時に布団をかぶって寝るだけという段になる。私達はすでに夕食から飲み始めていたのだが、昼間のうちに買い出ししておいた酒をミニキッチンの冷蔵庫から取り出し、もう少し飲み直そうという話になる。

けれどここで、ロフトに寝転んでいた旦那が私の電話のロックをあてずっぽうのパスワードで解除してしまう。

購入履歴の画面をロフトから私に向けて突きつけ、旦那は「どういうことだよ」と訊く。私はちょうど明日の天気予報を流していた備え付けのミニテレビに向けていた目をそのまま彼に向ける。瞼が少し垂れ下がった旦那の目は、濁った川のようにどんよりしている。この世の汚いものをすべて吸い込んでしまったみたいだ、と私は頭の片隅で思う。

男は私達に背中を向け、ミニキッチンでウィンナーを焼いている。テーブルの反対側で桃子のブラッシングをしていた奥さんが顔をあげ、私達二人の間に張り詰めた空気を感じ取る。

「どういうことか説明しろよ」旦那は目を逸らさずに言う。「どうして今朝の分の購入履歴があるのか説明してみろよ」

桃子がキャンキャンと吠《ほ》えて膝の辺りに顔を出したので撫でてやりながら、このまま死ぬまで犬が足にまとわりつけばいいのにと私は思う。こんなふうに口を閉ざすのは、夫妻がすぐそばで聞いているからではない。それ以上に、私の中には、どうしても旦那に許されるために費やすべき言葉が見つからないのだ。喋《しゃべ》らなければと思うと、たちまち何もかもがどうでもいいと思えるほど億劫《おっくう》になる。

ウィンナーの焼ける、ジュウジュウという音が沈黙を埋めている。やがて旦那は梯子を降り始める。かけてあった帽子とコートを身につけると、靴に足を入れる。

「おうい」とフライパンを持ったまま男が言う。「こんな時間にどこに行くんだよ」

すみません、と旦那が靴紐を結びながら答える。ちょっとぶらついてくるんで、先に寝ちゃっててもらって大丈夫です。それだけを言い残して、彼は本当に車から降りてしまう。開けたドアから凍《い》てつくような冷気が吹き込んで、車内があっという間に冷蔵庫の中のようになる。ドアを乱暴に閉めて、旦那はいなくなる。

夫妻が呆気に取られた様な顔でこちらを見ていることに気づき、「大丈夫です」と私は言う。「よくあることなんです。本当に。こうやって場を台無しにして私に後悔させるのが、あの人のやり口っていうか。だから気にしないで下さい。本当に」

旦那がいなくなったあと、私と夫妻は酒を飲みながら、三人でスポーツニュースを見る。二人が私の様子を窺っているのがひしひしと伝わってくるが、気づかないふりをする。スポーツニュースが終わり、他の番組が始まっても、旦那は戻って来ない。この先戻ってくるかどうかもわからない。あるいはもうどこかのホテルを見つけて、自分だけさっさと寝てしまったのかもしれない。何もかもがどうでもよくなり、私はもう妻らしく振舞《ふるま》うのをやめる。

「何してんだろうな」と男はカーテンをめくり、心配そうに窓の外へ目をやる。「探しに行ったほうがいいんじゃないの。この辺りはどこもさっさと閉まるし、思ってる以上に何もないところなんだよ。タクシーだって走ってないし」

「あと少し待ってみて、それでも戻って来なかったら」と私は爪楊枝《つまようじ》をウィンナーに刺しながら言う。耳を澄ますと、風がこの車のすぐ外で何かを切り刻んでいるように激しく吹きすさぶ音が聞こえる。

「本当に大丈夫かな？」と男が呟く。それからそわそわと立ち上がりかける。「俺が探して、呼び戻して来ようか」

「余計なことしないほうがいいわよ」と奥さんが小声で囁いて、彼を座らせる。奥さんは寝巻きの上にフリースを二枚重ねて、手編みのネックウォーマーに顎を埋めている。「大人なんだから心配ないわよ」

私は立ち上がり、ミニキッチンの冷蔵庫を開ける。氷を取り出してグラスに二つ放り込んでから「お二人も、何か飲みませんか？」と訊く。

「スナックを開けない？」奥さんが言う。「ウィンナーを食べたら、余計お腹が空いちゃった」

「いいわね」と私も賛成する。それから奥さんが倹約家だということを思い出し、ふとこう言いたくなる。「せっかくだから、全部一気に開けちゃいましょうよ」

奥さんが戸惑った表情を男のほうに向ける。男が奥さんの腕のあたりをぽんぽんと二度小さく叩く。私はそれを横目で見ながらレジ袋を漁り、スーパーで買い込んだお菓子を次々に開封していく。ポテトチップ。塩味のせんべい。チーズ味のスナック。プリスティック状のチョコレート。ナッツクッキー。キャラメル味のポップコーン。プリン。朝食用のロールパン。それらを全部テーブルの上に隙間もないほど並べると、奥さんが複雑な表情をしたまま「夢みたい」と呟く。「子供の頃の私が見たら、泣いて喜ぶわね」

私は彼女に見せつけるように、好き勝手につまみ始める。空いたグラスに男がウィスキーとソーダを足してくれる。私はそれを受け取り、指で氷を掻き回しながらスナックを全種類順番に齧っていく。何かを言いたげに見ている夫妻に向かって、「お二人もどうぞ」と言う。

奥さんが男の腕をぎゅっと摑む。男はその手を取ると、またぽんぽんと小さく叩いて、「食べないと」と言う。「残すほうがもったいないだろ」

男が腰を下ろして食べ始める。奥さんはしばらく酒だけを飲んでいたが、やがて自分も少しずつ手を伸ばし、酒をお替わりする。彼女は酔うと、陽気になるタチらしいことを私は発見する。次々とお菓子をつまんだ奥さんは、しまいには私の真似をして、半分齧ったスナックを「もういらない」と言って床に放る。桃子がそれを嬉しそうに貪《むさぼ》るところを見て、私達は笑い声をあげる。男が低い声で「おい」と言って、手に持っていた何かを投げる素振りをする。空気でできたスナックだ。桃子が気も狂わんばかりにありもしない菓子を嗅《か》ぎ回るのを見て、私達は三人でまた笑い合う。私は初めて、この夫妻に好意を抱く。

「馬鹿ね。ないのに探してる」と私はぐるぐる回る犬を見ながら言う。

ますます好きになる。

「馬鹿だよな」と男も頷きながら言う。

「駄目よ」と奥さんが言う。「この子は人間の言葉がわかるのよ」自分でそう言ってから、奥さんは「人間の言葉がわかるんだって！」と吹き出す。私は奥さんのことがますます好きになる。

桃子を見ているうちに、私は思いついてこう言う。「もし戻って来て、この車がなくなってたら、びっくりするだろうなあ」

男も笑う。私がなんのことを言っているのかわかったのだ。「そりゃ、びっくりするなんてもんじゃないだろうな」

「どんな感じなのかしらね」と桃子を抱きかかえた奥さんが窓の外を見ながら言う。

「どんな感じかしらね」

私達はまた酒を飲む。男が立ち上がり、リモコンを取ってテレビのチャンネルをぱちぱちとかえる。でも何も面白そうなものはやっていない。男は諦めてリモコンを置く。そして一拍置いてから、私が切り出す。「ちょっとだけ動かしてみない？」

男が私を見て、それから奥さんを見る。奥さんはその視線を受けて、私を見る。

「いいわね」と初めに奥さんが言う。「よくわからないけど。いい気味ね」と目を輝かせて言う。

「おい」と男が戸惑った声を出す。「ふざけるなよ」

「いいじゃない」と奥さんが言い返す。「少しだけよ。別に本当にいなくなるわけじゃないんだから」

「だってキャンピングカーなんだし」とグラスを持ち上げて私も言う。だいぶ酔いが回っているのが自分でもわかる。「醍醐味よ、醍醐味」

男はまだ少し何かを言いたそうな顔をするが、私達の勢いに気圧《けお》されて結局は折れる。「少しだけな」と男は降参する。

「キャンピングカーは動くものなのよ」と私はテーブルにグラスを置いて言う。「自分が一体何から降りたのか、あの人にわからせないと」自分でも何を言っているのかよくわからないままそう言って、ふらふらと立ち上がる。

ロフト下を潜《くぐ》って暗い運転席に腰を下ろすと、シートは柔らかく、懐かしい匂いがする。キーが挿《さ》さりっ放しになっていたので、エアコンを付けるために私はエンジンをかける。その振動のお陰で、巨人の膝の上に優しく抱きかかえられたような気持ちになる。

広大な敷地の駐車場は真っ黒で、ずっと向こうの道路を行き交う車のヘッドライト以外は、遠くにぽつんと光る自動販売機の白々とした灯りが見えるだけだ。大型トラックの一群が離れたところに固まって島のように停まっている。私はエアコンを調節し、暖かい風を運転席に送り込む。バックミラー越しに、道の駅があるはずの暗闇を見る。

「海みたいねえ」と私は大きなハンドルを触りながら息を漏らす。

「私達、新婚旅行は船旅だったの」奥さんが運転席と助手席の間に顔を突き出しながら言う。「もちろん国内だけど。船旅って時期を選べばものすごくお得なのよ」と彼女は言う。手にグラスを二つ持ったまま、よたよた助手席に座ろうとしている。

私はグラスを持ってやりながら「へえ、どうだったの」と訊く。

どうもこうも。船が初めて陸から離れた瞬間が、いちばんのクライマックス。奥さんは少しろれつの怪しい口調で言う。私は薄汚れた手作りスリッパをなんとなく目で追いながら、そうなんだ、と言う。あの時、私、泣いちゃったのよね、と奥さんが陽気に続ける。夕日の中、船がちょっとずつ陸から離れていくところを見ているうちに、体が震え始めて。それから涙が溢れ出して止まらなくなったから、うちの人まで泣き出しちゃって。そんなに感動したの？　と私が訊くと、奥さんは笑って首を振る。そんなロマンティックな話じゃ全然ないのよ。私はただ、怖かったのよ。足元から地面がなくなる感覚なんて、それまで一度も味わったことなかったから。

私は座った奥さんにグラスを渡してやりながら「足元から地面がなくなる感覚」と声に出して言う。

「生きてきて一番怖かった」と奥さんは声を潜め、「でも可哀想だからうちの人には感動して泣いたってことにしてあるの」と言う。「本当はそれ以来、船を見るのも嫌なんだけど」

奥さんがポケットからラップに包まれたビーフジャーキーを取り出すのを見ていると、「おうい」と後ろから声がする。私達は双子のように同時に振り返る。犬を抱きかかえた男が心配げにこちらを見ている。

「大丈夫だってば」と奥さんが手で追い払うようにしながら大声を出す。

私達はシートを少しリクライニングさせる。グラスに口をつけながら、二人で窓ガラスの外を眺める。薄い雲の向こうに、月と星が鈍く瞬いている。その下に連なる山のシルエットが空よりも一段と濃い黒であることが微かにわかる。私は奥さんと他愛もない話をしながら、しばらく何種類の黒がそこにあるのだろうと考える。そして、今夜の寝床のことを思い出す。私と旦那が共にするはずの、あの暗い隙間のことだ。

私は体を起こしてグラスを奥さんに手渡す。シートを戻すと、エンジンをふかし、ライトを点ける。一条の光がどこまでも続く無人の駐車場にさっと走る。巨大なハンドルを握りしめ、私はバックミラーを見ながらパーキングブレーキを解除する。ブレーキから足を離し、アクセルを強めに踏み込む。けれど車体は後退し、がくんと縁石に大きく乗り上げてしまう。私は何度か縁石にぶつけながら、ようやくギアを正しく入れ直す。そして今度はちゃんと車を前進させる。ハンドルを握り直しながら、自分でも説明がつかないほど神経が昂《たか》ぶっていることに気づく。

奥さんが自動販売機のほうに目を凝らしたまま、「あっちよ、あっち」と嬉しそうに指を差す。「あのトラックの中に紛《まぎ》れ込めば、わからないわよ」

広漠とした駐車場を斜めに横切り、大型トラックの影を目指してゆっくりと進んでいく。やがて一台のトラックの隣に横付けするように、そろそろとキャンピングカーを切りかえし後退させて停める。エンジンはかけたまま、ライトだけを消す。奥さんが手を伸ばして、背後のカーテンをさっと閉めてしまう。後ろから「おうい」という声が聞こえるが、私と奥さんは何も言わずに暗闇の中、さっきまで自分達がいた辺りにじっと目を光らせる。自分達が本当に、忽然《こつぜん》と、あるはずの場所から姿を消せたかどうか。

「あとは戻ってくるのを待つだけね」と奥さんが言う。「旦那さん、どんな反応するかしらね」

私は答えない。奥さんとお酒を飲みながら、まるで草陰から獲物を狙うように旦那を待つ。やがて後ろのほうから、何かが焼ける匂いが漂い始める。

「うちの人」と奥さんが鼻をひくつかせながら言う。「酔っ払うと、ウィンナーとかソーセージを焼かずにはいられないのよ」

「料理がしたくなるってこと？」と私は窓に目を向けたまま尋ねる。

奥さんが首を左右に振ったのが気配でわかる。「とにかくそこにあるだけの、加工した肉を全部焼いちゃうのよね。どうしてかは本人もわからないらしいけど」

「へえ」と私は呟く。そして「うちの旦那は」と言いかけてから、なぜか全然別の話がしたくなり、「ねえ、ネットショッピングってしたことある？」と言い直す。

「ネット？　ないけど」と奥さんは言う。「だってもったいないじゃない」

「定価より安く買える時のほうが多いと思うけど」

「そうなの？」と奥さんは興味を持った様子で訊き返す。「だったら私もやってみようかな」

私は彼女を見る。助手席の彼女を。ひどく冴えない格好で、生臭いビーフジャーキーとグラスを握りしめている女を。私は少し間を置いて、それから「じゃあ教えてあげようか」と口を開く。「今、携帯持ってる？」

奥さんはおぼつかない手つきでフリースのポケットから電話を取り出す。かなり使い古されたものだ。その電話を彼女から受け取り、「今、何か欲しいものはある？」と私は訊く。

彼女は笑いながら首を捻る。「欲しいものねえ」

「なんでもいいのよ。どんなものでも」

でも奥さんの口からは何も出て来ない。私が本気で彼女と入れ替わりたいと思っていると、「困ってることなら」とようやく彼女は絞《しぼ》り出す。「たとえば桃子の毛ね。どれだけ掃除《そうじ》しても、次から次へと抜けるし。でも何が欲しいかって訊かれると」

「毛ね。わかった」

私は奥さんの電話を操作して、いつも見ているウェブサイトに飛ぶ。開かないかと思ったが、少し待つと見慣れた画面がゆっくり立ち上がり始める。

「この空欄に、思いついたものを打ち込むだけ」と私は説明する。「簡単でしょ」

「でも、なんて打ち込むの？」

私は「そのままよ」と答えてやる。そして、空欄に「犬の毛　対策」と打ち込む。少し待っていると、たちまちものすごい数の商品が画面にぎっしり並ぶ。何百という件数だ。自分があったらいいのにと思いつくもので、商品になっていないものなんてない、と私は言ってやる。

「あとはこの中から好きなのを選ぶだけ。この服についた毛を取るテープみたいなやつでもいいし、この抜け毛をごっそり取り除けるブラシでもいいし、抜け毛自体を予防する犬用シャンプーでもいいし」説明している間に、私は静かに興奮し始める。自分が自分でなくなるような、いつもの心地よい頭の痺れをじっくりと味わう。「迷う時はこのレビューに目を通して、信頼できるかどうか参考にすればいいのよ」

奥さんは、その数を見てぎょっとしたような声を出す。「こんなものにいちいち目を通すの？」

「ざっとでいいけど」と私は電話を差し出す。「でも慣れてくると、なんの苦労も感じなくなる」

奥さんは電話をおそるおそる受け取る。そして「やっぱり知らないほうが幸せかも」と言って画面を消す。

「でも一度だけ、やってみたら」

「便利すぎて怖いのよね」と奥さんは笑いながら首を振る。

「確かに始めるまではね」と私は食い下がる。「でも一度だけやってみて、駄目ならやめれば？　価値観ががらっと変わるかもしれないわよ」

「変わったの？」

「私？」

「そう」

私は息を吐く。それから「変わったわね。たぶん」と認める。

「どんなふうに？」

私は奥さんを見る。彼女の目はカーテンから漏れた灯りが映り込んで、うっすら光っているように見える。シートに背中を預け、私は観念したように「これないしじゃいられなくなった」と言う。それから「依存症よ」と打ちあける。

沈黙が車内に流れる。十秒か二十秒程度だ。私は頭を動かす気も起きず、シートにもたれかかって駐車場の先を見ている。そのうち助手席のほうから、くぐもった音が聞こえたような気がして、そちらを向くと、体を折り曲げて口を押さえている奥さんの姿が目に入る。やがてくぐもった音は小さな含み笑いに変わっていき、立派な笑い声になる。奥さんは体ごと大きく揺すって、酒が零《こぼ》れるのも構わずに「依存症！」と叫ぶ。「奥さん、本当に依存症なの？」そう言って、彼女はたがが外れたみたいに笑う。

私は戸惑いながら頷く。何がそんなにおかしいのかわからない。でもどんどん大きくなる奥さんの笑い声を聞いているうちに、これが正しい反応なのかもしれないと感じ始める。旦那みたいに、この世の終わりのような深刻な顔をするほうがどうかしているのだ、と。

気づくと、彼女にもっと笑って欲しいと私は思っている。奥さんを喜ばせたくて「自分がこんなふうになるなんて考えたことなかったわよ」と話し出している。誰にもしたことのない話だ。「別にブランド品を買い漁ってるわけじゃないのよ。買ってるのは、細々した、生活に必要なものだけだしね。だから初めはなんで旦那に口出しされるのか、全然わからなかった」私の話を彼女は聞いている。でも笑いが止まらないらしく、酒を零さないようにしながら脇腹のあたりを押さえている。

「でも旦那がね、毎日届く段ボールが怖いって言い出したの。私はもちろん、全部必要だから買ってるんだって言ったわよ。無駄なものは一切買ってないって」私は彼女をちらっと見る。彼女は頷く。先を続けろという合図だ。私はその通りにする。「それで旦那と約束をしたの。とりあえず一週間、何も買わないっていう約束。もちろん、できるって言った。簡単だと思ったの。ただ買わなければいいだけなんだからってね」

「でも駄目だったのね?」と奥さんは頭を小刻みに振りながら言う。

私は頷く。「そうね。三日と我慢できなかった。だって思いついた時に買わないと忘れちゃうじゃない? 水仕事用の絆創膏《ばんそうこう》でも、野菜のみじん切り器でも。旦那には謝って、約束をし直してもらった。でも結局、私はまた守ることができなかったのよ」私はグラスを口に運んで啜る。「何度やっても同じだった。それで旦那が、だったら段ボールを捨てるなって言い出したの。全部取っておいて見てみろって。で、その通りにした。その辺りからよ。ようやく自分が少し変かもって思うようになったのは」

彼女は興味が抑えきれないように身を乗り出す。「どう変だったの?」

「一日中、次に買うもの探しに追われてるのよ。何か欲しいものが見つかって、ああ、これで今日も買うものがあるって心からほっとしてる瞬間に、でも明日は見つからないかもしれないって、パニックになってることに気づいたの」

奥さんは吹き出す。もしかしたら、私がふざけてると思っているのかもしれない。私は構わず続ける。「最近じゃさらにひどくなって、もしこのまま必要なものを全部買い尽くしちゃったらどうしようって不安が、どんどん大きくなってきちゃったのよね。おかしいわよね?」私はココナッツ人形の影を見上げる。それからグラスを口に運ぼうとする。でもグラスはもうとっくに空になっている。空のグラスに歯をあてながら私は続ける。「本当はこうしてる今も、不安で仕方ないのよ。次に買うものをどうやって見つければいいのか、そのことしか頭にないの」

奥さんの笑い声が徐々に小さくなっていることに気づく。

「子供ができたの」と私は続ける。「ずっと欲しいと思ってたから、そりゃ嬉しかったわ。でも、なんて言えばいいのかしらね？　私は自分がもっと喜ぶと思ってたのよね。生きてきて一番嬉しい瞬間なんじゃないかって思ってたのよ」言いながら私は自分でも知らぬ間に、服の上から腹に手をそっと当てている。

「想像とは違ったの？」と奥さんが訊く。その声はもう笑っていない。

私はもう一度だけ駐車場の先にさっと目を走らせる。そして、こう言う。「そうね。全然違った。だって子供ができたってわかった瞬間に、私はね、想像してたのとはまったく別のことを考えたのよ」私は唇を湿らせ、一瞬だけ話の続きを躊躇する。でも結局は口を開く。「私はね、ああ、よかったって思ったの。よかった、これでまた赤ちゃんのものがいくらでも買えるんだってね」

完全な沈黙が訪れる。しばらくして私のほうが最初に、ふうっと息を吐く。「でも結局は、できてなかった。勘違いだったのよ。夫は落ち込んでたけど、私は違った。

ほっとした。あんなふうに母親に思われた赤ちゃんが産まれずに済んでよかったってね」そこまで言い切って、私はシートに完全にもたれかかる。「あとどのくらいであの人は来るかしらね？」と言う。

奥さんは何も言わない。様子がおかしいと思い、私がゆっくりと助手席のほうへ顔を向けると、彼女はグラスを握りしめたまま窓の外の一点を食い入るように見つめている。ただごとじゃない表情に、こちらにまで緊張が走る。

「何かいるの？」私は体を起こし、彼女の見ているほうへ目を向ける。

「わからない」と彼女は目を凝らしたまま首を振る。「でも、あれ、何だろう？」

私は目を眇《すが》める。でも奥さんがどこに向けて指を差しているのかよくわからない。

「野生の動物？」と私は訊く。「熊とか？」

「わからない」と奥さんはまた繰り返す。「何かが地面に横たわってるか、落ちてるみたいに見えるんだけど」

「どこに？」

「さっきまでこの車があったところ」と彼女は少し怯《おび》えた声を出す。「何かが一瞬だけ動いたような気がしたのよ」

「縁石じゃないの？」

「そうかもしれないけど、ここからじゃよく見えない」

私は車のライトをつけて、駐車場を照らしてやる。でも光は少し先で闇に吸い込まれてしまう。奥さんは振り返ってカーテンを開けると、男の名前を呼ぶ。そして自分達がさっきまでいた辺りの地面に何か見えるかと尋ねる。

「ここからじゃ、よくわからんよ」と男は窓の外を覗き込んで、奥さんと同じことを言う。何かをくちゃくちゃ噛んでいる音がする。「行って確かめて来ようか。ちょうど桃子もおしっこしたがってるし」

「じゃあ私も行くわ」そう言って、奥さんは立ち上がる。二人はコートを羽織り、桃子にリードを付けて、ドアを開ける。

「一緒に行かなくて大丈夫？」外に降りた奥さんが振り返る。

「待ってる」と私は首を振る。「ここで待ってる」

懐中電灯の灯りがゆっくり遠ざかっていくのを、私は窓から見つめている。凍った地面で滑って転ばないように、夫妻は慎重に足を進めている。桃子の首輪に付けられた点滅する赤い光がぐるぐると回転し、懐中電灯の灯りにまとわりついている。

彼らの姿を目で追ってから、私はミニキッチンの前に立ち、何か温かいものを飲もうと思う。体がひどく冷えていることに気づいたのだ。調理台に置かれていた奥さんの特大の魔法瓶を何気なく手に取る。蓋を開けて中を覗くと、夕食後に継ぎ足された黒い飲み物が小さく揺れている。私は魔法瓶を抱えてコーヒーをマグカップに注ぐ。液体がカップに落ちる音を聞いているうちに、大量のトマトのことを思い出す。リュックの中にぎっしり詰まったトマトと、まずいコーヒーがなみなみ入った魔法瓶のことを。それを山頂まで幸せそうに担ぐ大男のことを。

私はテーブルの上のマグカップを見つめたまま、自分の旦那がまるまるすっぽり入るようなエピソードについてもう一度だけ思い出そうとする。この六年の歳月の間で、いちばんあの人らしかったエピソードを。そのうち、いくつかの断片を思い出す。でもどれも男の言ったような「その人がまるまるそこにすっぽり入っている」という感覚にはならない。あの人そのもの、という感じがしなければ、と私は思う。

カーテンの隙間に指を入れ、夫妻の姿を探す。三つの灯りはもうかなり、キャンピングカーが停車していた元の場所に迫っている。夫妻と犬があそこに辿り着くまでに、旦那のエピソードを思い出さなければ。なぜそんなふうに思うのか自分でもわからない。いつのまにか動悸《どうき》がし、呼吸が浅くなり始めている。

魔法瓶を抱えたまま、私はつま先に思いきり力を込めている。十本の指先を信じられないほど、ぐっと内側に曲げているのだ。まるでもうすぐ何かの衝撃が来ることを確信しているみたいに。私はつま先をそろそろと戻し、体の力を抜きながら旦那のエピソードを諦める。カーテンの隙間に指を入れる。三つの灯りを探す。彼らは今にも辿り着こうとしている。あと一秒か、二秒後には。

私は目を閉じる。その直後、犬の激しい鳴き声に混じって、外でかすかな悲鳴のようなものがあがる。わからない。風の音かもしれない。私はじっとして魔法瓶を抱えたまま目を閉じ続けている。キャンピングカーに乗っていることを忘れようとする。でもそのうちに、私は次に買うもののことを考え始めている。何が必要になるだろう、と私は考えている。あそこに横たわっているものが、赤ん坊の代わりに私に何を買わせてくれるだろう、と。

桃子の一段と甲高い鳴き声がし、風と混じり合う。心臓が痛いほど脈打っている。私は座ってコーヒーを飲む。だが、舌が消えたように何も感じない。足元の感覚もない。私は赤ん坊のような魔法瓶を抱えている。夫妻はいつまでも帰って来ない。

でぶのハッピーバースデー

夫は三ヵ月前に仕事をクビになって以来、すっかり人が変わってしまった。今もそうだ。何か妙なことを思いついた時はすぐにわかる。夫はテレビ前のソファに仰向《あおむ》けで寝そべったまま、もう五分近く目を閉じている。胸の上で供物《くもつ》のように、酒の缶を両手で握っている。テレビは付けっ放しだ。

でぶはそれをダイニングテーブルでアイスクリームを食べながら見ている。テレビの画面の中には、整形したら人生が劇的に変わったと話す女達がずらっと座っていて、全員がもう過去の自分には戻りたくないと、さっきから口を揃えている。まるであの頃の自分は人間じゃなかったといわんばかりに。

「なあ、でぶ」とやがて夫が口を開く。目はまだ閉じたままだ。「もしかして、でぶの、そういう部分を放ったらかしにしておいたってことが問題なんじゃないの？」と彼は言う。

でぶは黙っている。すると夫はもう一度「なあ、でぶ」とやたら真面目くさった声で言う。「でぶは、そのことについてどう思うの？」

でぶはアイスのカップとスプーンを握りしめたまま、視線をテレビから夫のほうへのろのろと移す。彼女のいる位置からだと、顔よりもソファに寝転んだ夫の足の裏のほうがよく見える。今日一日家から出ていないのにあんなふうに黒ずむのは、もう一週間以上、部屋を掃除していないからだ。夫の言わんとすることの意味を少しだけ考えようとし、でぶはすぐにやめる。結局またのろのろと視線をテレビに戻す。過去を捨てた整形美女達に。

「うん。何もかも、その口元が問題なんだ」と夫はひとりでぶつぶつ話し続けている。「でぶのその口元から、人は俺達夫婦の何もかもを見抜いた気がしちゃうんだろうよ」

「見抜いたって」とでぶは口の中にスプーンを押し込む手を止めて言う。「なんのこと？」

「俺達がどういう人間かってことだよ、でぶ」

「ねえ、あんた、さっきから何ぶつぶつ言ってんのよ。あたしの歯が少しぐちゃぐちゃだからって、なんで人にそんなことがわかんのよ」

「少しぐちゃぐちゃ？」と彼は驚いたように訊き返す。「でぶのその、交通事故を起こしたみたいな口元を、普通の人間はそのまま放っておいたりしないんだよ」

でぶは少し考える。それから訊く。「お金の話をしてるわけ？」

「それもあるな」と夫は頷く。「お前が歯を見せて笑うたび、俺達は貧乏人ですって宣伝して歩いてるようなもんだからな」

「実際、そうなんだから仕方ないじゃない」

彼は首だけを少し起こす。目を閉じたまま、缶の縁《ふち》を指でなぞり、危なっかしく口に運んでいる。「なあ、でぶ。でぶのその口元には、印みたいなものがもうべっとりこびり付いちゃってるんだろうな」

とうとうでぶは声を荒らげる。「あんた、さっきから何言ってんの。印って？　なんの話？」

「俺達が、いろんなことを諦めてきた人間だっていう印だよ」

でぶは我慢できなくなって立ち上がる。まだ半分アイスが残っているカップに蓋をして、乱暴に冷凍庫のドアを閉める。それから「お風呂に入って寝るから起こさないでね」と言い捨てて、彼に背中を向ける。

「行かないで、でぶ」と夫はソファに寝そべったまま声を上げる。「今の話はものすごく大事なことなんだぞ」

でぶは給湯器のスイッチに触ると、のろのろとソファのほうまで戻って夫を見下ろす。「あんた、本当にあたしがこれをどうにかすれば、もっとマシになると思ってんの？」そう言って歯を突き出してやる。誰かが目をつぶってふざけて片手で作ったみたいに、がたがたに歪《ゆが》んだ歯並びを。彼はようやく目を開ける。そして寝転んだまま、もう十年は見てきたはずのでぶの口元にじっと視線を注ぐ。

「そういうのを放っておいたのが問題なんだ」と彼はまた言う。

でぶは夫の目をじっと見つめる。黒目は少し潤《うる》んでいて、白目は充血している。誰がどう見たって酔っ払いの目だ。

「治した歯を誰に見てもらうの？　ハローワークの皆さん？」とでぶは言う。

「世間にだよ」と彼。それから少し考えて「世間の皆さんと、ハローワークの職員の皆さんにだよ、でぶ」と言い直す。

「そんなことで職が見つかるならとっくにしてるわよ」とでぶは言ってやる。彼に背を向け、風呂場のほうへ歩き出す。

浴槽に浸かったでぶは長々と息を吐く。それから湯を両手で掬《すく》って、顔を濡らす。水辺の動物のように頭まで濡らしてから、湯の中の体を少しの間、見下ろす。ぶよぶよしてはいるが、でぶってほどじゃない、とでぶは思う。こういうのは、でぶとは言わない。その時、曇《くも》りガラスの向こうから「確かにな」という声がして、でぶはぎょっとする。振り返ると、いつのまにかぼやけた人影が洗面台に寄りかかるようにして立っている。「そんなことしたって、俺達にはもうなんの意味もないかもな」と影は言う。

「そんなことって」とでぶは訊き返す。「あんた、まさかまだ歯の話してるの？」

影は黙っている。思いつめたように黙り込んでいる。

でぶはもう一度息を吐く。少し間を置いてから「まあ、あんたが本気なら」と言う。「少しは考えてみてもいいけどね。でも矯正《きょうせい》ってお金がかかるのよ。それにものすごく痛いだろうし」

「わかってる」と影。「でも俺、モニターみたいなやつになる代わりに、安くやってくれる医者をネットで探してやるよ。でぶのその歯並びなら、きっといい宣伝になるもんな」

でぶは言われたことについて考えてみる。それから「あんたの言う通りかもね」と指を上唇と歯茎の隙間に突っ込んで、がたがたの歯の表面をなぞる。「あたし達は何かをしなきゃいけないのかもね」

「俺が言いたいのはさ、でぶ」と影。「俺達この先、一体どうなっちゃうんだろうなってことなんだよ」

でぶは湯船に鼻の下まで浸かる。それについては、でぶにだってわからないのだ。気づくと、曇りガラスの向こうの影はいつのまにかいなくなっている。でぶは湯の中でもう一度歯の表面をなぞってみる。まるで狂った階段のような歯並びだ。こんな階段を用意されたら、誰だってどこかへ辿り着くことを諦めるだろう、とでぶは思う。

でぶ達は夫婦揃って、三ヵ月前に仕事を解雇された。自分達に原因があったわけじゃない。二人が長年揃って働いていた職場が突然倒産してしまったのだ。

仕事をなくした翌日、でぶ達は失業手当の手続きをするためにハローワークに行き、書類に必要事項を書き込んだ。窓口の人間と話してから別室に移ってパソコンで新しい職を探したが、でぶ達のように資格もなく、若くもない人間がさしあたって出来そうな職種の求人はほとんど見つからなかった。でぶはパソコンの前に陣取る、自分達より若くて健康そうな男女を見つけては、こっそりと目で追わずにいられなかった。しばらくしてでぶは、隣でキーボードを触る夫の指が細かく震えていることに気がついた。彼の額からは暑くもないのに汗が吹き出していた。ハローワークを出たでぶ達は路面電車に乗って帰り、駅近くのスーパーに寄った。

その日は夫の誕生日だった。もう何年も特別に祝ったことなどなかったのに、たまたま思い出したでぶは、レジの傍に並べられていたクッキーを買い物かごにいれた。そして家に帰ると、その小さな箱を夫に向かって、ぽんと放り投げた。夫は麻酔《ますい》にかけられた動物のように、青白い顔をしたままぼんやりとその落ちた箱を見下ろしていた。やがて、それが自分に投げられたものだと気づいたらしく、「何だよこれ」と訝った。

「ハッピーバースデー」とでぶはコップに牛乳を注ぎながら答えた。「今日はあんたの誕生日だよ」

「へえ」と彼は声をあげた。「俺の誕生日」そして知らない家の壁紙でも見るような目つきで落ちたままの箱を眺め、「そういう、まともな家庭でするようなことが、まだ俺達に関係あったとはなあ」と呟いた。

夫は慣れない手付きでおそるおそる包み紙を開け、クッキーを口に入れた。テレビのリモコンを弄り、しばらく黙って口をもごもごと動かしていた。彼の言う通り、そうしているとこれまでと何も変わらない普通の家庭みたいだとでぶは思った。

「ハッピーバースデー」とでぶはなるべく楽しげな声で言った。

夫はでぶを見た。そして初めて耳にした言葉を発音するように「ハッピーバースデー」と言った。「ハッピーバースデー、でぶ」と彼は言った。

三ヵ月の間、でぶ達は職探しのためにハローワークに何度も足を運んだ。四週間に一度は失業手当を受け取るために、担当者と話し書類に署名しに出かけなくてはならなかった。そして家に帰ると、一体自分達にパチンコ玉のぎっしり詰まった箱を運んだり、その重さを測ったり、コーヒーや景品を渡したりする以外にどんなことができるのかについて話しあった。夫は長年のパチンコ玉運びのせいで腰を痛め、長時間の立ち仕事ができない体になっていた。一緒に歩く時、夫はよく「のろまな動物を連れ歩いてるみたいだ」と口にしたが、人から見れば、洋服を着せられた痩せた猿がその動物のリードを持っているようにしか見えないだろうと、でぶはいつも思った。

でぶ達は自分達に合ったマシな働き口をそれぞれ見つけようとした。面接をいくつも受け、それからすぐに自分達にそれほど合っていない働き口も探し始めた。

その頃から、でぶの夫は寝巻き姿のまま、腰に毛布をスカートのように巻きつけ、家の中をうろうろし始めるようになった。昼間から大概ソファに寝そべり、酒の缶を握りしめて、何かをじっと考え込むようになった。まるで自分達が突き落とされかけている崖《がけ》の縁に手をかけて、底がどうなっているのか覗き込もうとしているみたいに。彼はあまり口を利かなくなった。かと思うと、酔った勢いで出し抜けに突拍子もないことを口走ったりもした。印がどうの、とかいう類の話だ。

その話が出るたび、でぶは心底うんざりした表情を浮かべてみせた。とてもじゃないけど相手にしてられないわよ、と何度も口にした。しかし自分達に救いの手を差し伸べてくれる人間が一向に現れないので、夫の言うことは本当なのかもしれない、とそのうちでぶも考え始めるようになった。見る人が見れば本当に、自分達には「何かを諦めた人間」だという印がどこかに付いてしまっているのかもしれない、と。

二人は職探し以外の時間、でぶの歯をどうするかについて話しあうようになった。部分矯正か、全体か。表側に器具をつけるか、裏側か。

夫がネットで見つけてきた最初の歯医者は、「健康な歯を絶対に抜いてはいけない」派の医者だった。歯は全ての神経に繋がっている、とそのホームページにはでかでかと書かれていた。「でぶみたいな乱杭歯《らんぐいば》ってのは、顎に対して歯が収まり切れないってことなんだ」と夫は膝の上のパソコンを覗き込みながら、勉強の成果を披露した。「短い列に人がごちゃごちゃはみ出して並んでるところを想像してみろよ。で、ここの医者の治療法は特殊なマウスピースを使って、ちょっとずつでぶの歯列を外側に広げていくんだ。距離をたっぷり取って、人をきれいに行儀良く並ばすんだよ。わかるだろ？」夫はでぶにホームページの写真を見せた。

「そんなことしたら、口が大きくなっちゃうんじゃない？」とでぶはアイスクリームを掬いながら、術前術後の写真を見比べて不安げな声を出した。「口元が猿みたいにこんもり膨らむなんて、あたし、絶対に嫌なんだけど」

夫は黙り込んだ。術後の写真をしげしげと眺めながら、そうかもしれないな、と小声で認めた。実はでぶがいま言ったことが実際起こって後悔してる人は少なからずいるみたいなんだ、と彼は言った。もちろん、そうじゃないって人も大勢いるんだけどな。

夫はパソコンを手元に寄せ、別の医者のホームページを開いた。「じゃあ、こっちはどうだ？」でぶは自分にもわかるように説明してくれと頼んだ。あたしみたいな愚図にも、わかるようにね。夫は小刻みに頷きながら唇を湿らせると、「こっちの医者は『抜歯して、今の歯列に収めちゃおうぜ』派」と言った。

「どういうこと？」

「列の長さはそのままで、並んでる奴らの人数を減らすんだよ」と彼はでぶの顔をちらっと見た。「余計な歯を抜歯するんだな」

「抜歯って歯を抜くこと？」とでぶは訊き返した。

「まあ、そうだな」

「歯って、健康な歯のこと？」

「そうだな」と夫は落ち着きなく顎を触り始めた。「たぶん、健康な歯のことだろうな」

「ねえ」とでぶは堪《たま》りかねて悲鳴のような声をあげた。「本当にそこまでして、やらなきゃいけないことなの？」

夫はパソコンから顔をあげてふうっと息を吐き出すと、「もちろん、無理にやることじゃない」とホームページを閉じた。「でぶが今のままでいいって言うんなら、無理にやることじゃないさ」彼はでぶの手の中のアイスを見た。「でもよく考えろよ、でぶ。これなら痛いのは短期間で、リバウンドするなんてことはないんだぜ」

でぶはその言葉の意味を考えて、それから降参したように「ちょっと考えさせて」と立ち上がった。「抜いた歯はもう一生戻せないんだから」そう言って、一張羅《いっちょうら》の紺色のスカートの皺《しわ》を伸ばし、ストッキングが伝線していないかを確かめた。「どう？」とでぶは訊いた。「体型と歯並び以外で、どうにかできそうなところはある？」

夫は顔をあげて、ノートパソコンをぱたんと畳《たた》んだ。パソコンを小脇に抱えたまま立ち上がり、腰に巻きつけた毛布と一緒にずるずると数歩後ずさった。それから目を細め、絵画モデルを前にした美大生のように真剣な表情で、さらにあと一歩だけ後ろに下がった。自分の妻の全身をじろじろと眺め回しながら、「シャツをもう少しちゃんとたくし込んだほうがいい」と彼は言った。「そういう細かい印象で、何もかも決まっちゃうんだからな」

「わかった」でぶは言われた通り、スカートの裾から両手を中に入れ、ブラウスの裾をぐっぐっと足のほうへ引っ張った。「これでいい？」

「面接の前にも、ちゃんと引っ張り直せよ」と夫は念押しした。「できればあんまり歯を見せないで、喋れるといいんだがな」

「やってみる」とでぶは頷いた。

その翌週、面接の結果を知らせる電話が二人で家にいる時にかかってきた。でぶは電話を放り出し、「歯を出さないで喋ったのがおかしかったのかも」と項垂《うなだ》れた。「何度も、もっとはっきり喋って下さいって注意されたもの」

「せめて何がよくなかったのかだけでも、教えてくれりゃあな」と夫も憤慨するように言った。やはりスカートのように腰にぐるぐると巻きつけた毛布を引きずっていた。「でぶの何が駄目なのか、あいつらに少しでも説明する義務があればな」

「拷問でも受けてるみたいよ」とでぶは肩を落としてのろのろと冷凍庫に手を伸ばした。「もしこんなことがずっと続いたら、頭がおかしくなるかもね」

でぶがダイニングテーブルに背中を丸めてつき、バニラとチョコレートのアイスを交互に食べている間、夫は目を閉じて腕を組んだまま、いつものソファに寝そべっていた。何を話しかけても無駄だとわかっていたので、でぶもその邪魔はしなかった。食べ終わり、もう少し何か食べたいと思いながら台所へ行きかけた時、いつのまにか目を開けていた夫が「今度、俺も行くよ」と唐突に口を開いた。

「行くって？」とでぶは足を止めて振り返った。「よく聞こえなかった。今度って何？　なんのこと？」

「でぶの面接にだよ」と夫は答えた。「今度一緒に行くよ、俺も」

「面接って仕事の？」

夫は頷いた。

でぶは目を丸くした。「何言ってんの。そんなことしたら、受ける前に落とされるに決まってるじゃない」

「そうかもな」

ってはいなかった。

「そうかもな、って言ったの？」とでぶはますます目を丸くした。「絶対によ。百パーセントそうなるわよ。どうしちゃったのよ、あんた？」

でぶは夫の顔を凝視した。彼の目は相変わらずゼリーのように濁っていたが、酔ってはいなかった。

「落ち着けよ」と夫は体を起こし、でぶを諭すように言った。「俺はただ隣に座って、でぶの受け答えを聞いてるだけだよ。わかるだろ？　俺の言いたいこと」

でぶは叫んだ。「なんだってそんな気持ち悪いことすんのよ？」

「でぶも自分で言ってただろ。こんなのが続いたらおかしくなるって」

「だから？」

「落とされるのはでぶのせいなのか、印のせいなのか、はっきりさせるんだよ」

「笑われるわよ」でぶは鼻を鳴らした。そしてもうすでに充分トンチキな格好をしている夫を改めて眺め回し、「お願いだからそんな話、人前で絶対口にしないでよ」と言った。

「わかってる。だから一回だけだよ」

でぶが黙って見下ろしていると、夫は諦めたように鼻を掻いた。「でぶが来てほしくなったら、いつでも付いてってやるよ」と言って、彼はまたソファに寝転んだ。

数日後、夫婦は電車に乗ってハローワークに向かった。でぶの夫はくたびれたポロシャツによれよれのズボンという格好だったが、毛布を引きずって歩いていない姿を見るのは久しぶりだった。二人は三階の受付に行き、いつものように失業手当の書類に記入した。でぶがちらっと横目で見ると、夫のペン先はやはり小さく震え、額からは汗が滲み出ていた。担当者に不採用の報告を終えると、二人は設置されているパソコンの前に座って、新しく求人情報が出ていないかチェックしていった。クリーニング工場。薬局。大型ショッピングモールの倉庫番。気になるものがあればその場で印刷した。二人は作業に午後いっぱいをかけた。

途中、隣が空席なことに気がついてでぶが辺りを見渡すと、日当たりのいい窓際のベンチに座っている夫の姿が見えた。股《また》の間に両手を挟み、宙を漂う埃を眺めている。でぶの視線に気がつくと、夫は壁にかかった時計を指差し、もう出ようという仕草をしてみせた。でぶも瞼を揉《も》みながら立ち上がった。二人は歩いて駅に向かった。

電車の中で、印刷した求人情報にでぶがもう一度目を通していると、夫が突然、

「ここで降りようぜ」と言い出した。家まではまだ二駅も手前だった。

「どうしたのよ、急に」腕を摑まれ、ホームに無理やり降ろされたでぶは発車した電

車を見送りながら呆気に取られて訊いた。

「うん、ちょっと」と夫はもごもごと言葉を濁した。「でぶに見てもらいたいものがあるんだ」彼は改札に向かって、既に歩き出していた。

そこはでぶも何度か降りたことのある駅だった。商店街のある東口に出ると、夫はポケットに手を突っ込みながら、右へ歩き出した。そして信号のところでまた右に曲がると、今度は踏切を渡り始めた。それなら初めから西口に出ればいいのだが、調子がよくない時、夫はこんなふうにわざわざ遠回りをして歩きたがるのだ。そうしないと悪いものに捕まりそうな予感がする、と必ず言い張るので、でぶは何も言わず後ろを歩いた。

やがて夫は一棟の黒い雑居ビルの前で立ち止まった。

「ここだよ、でぶ」と彼は振り返った。「この四階」

でぶは四階の窓を見上げた。視線を戻すと、にやにやしながら突っ立っている夫の背後に小さな看板が出ていることに気がついた。

「歯医者なの?」とでぶは驚いて声をあげた。

「歯医者なんだ」と彼は自慢げに言った。

でぶは後ずさった。「あたし、まだ矯正するなんて言ってないんだけど。勝手に予約なんかしたの？」

「落ち着けよ、でぶ」と夫は言った。「今日は、もし治療するとしたらどんなふうにやっていくか説明してもらうだけだって。でぶだって具体的なやり方を知らなきゃ、決心しようがないだろ」

でぶは反論しかけたが、それより先に夫は彼女の体を押して無理やり歩かせると、小さなエレベーターにぎゅうぎゅう押し込んだ。

四階に到着しドアが開くと、すぐ目の前に受付があった。

夫はでぶの財布から勝手に保険証を抜き、受付の女に手渡してしまった。

でぶは仕方なくベンチに座った。そして診察を待つ間にと渡された用紙に記入した。「何でこの病院を知りましたか？」という質問には、「その他」のところに丸を付け、「夫」と書き込んだ。でぶがペンを動かしている間、夫は立ち上がり、待合室に置いてある婦人雑誌や、熱帯魚が飼われた小さな水槽をせわしなく眺めていた。他に患者はひとりもいなかった。壁やソファの何もかもが真新しい。まだできて間もない病院のようだった。

やがて名前を呼ばれ、でぶは小さなレントゲン室に通された。鉛のようなものが入った重たいエプロンを首にかけられ、仰々しい機械の中央に立たされた。でぶは指示されるがまま、口を開いたり、歯を嚙み締めたりした。それが終わると、今度は診察台に寝かされ、歯型を取るためのペースト状の粘土のようなものを流しこまれた。口を広げる装置のようなものを女性二人がかりで素早く入れられ、様々な角度から口内の写真をカメラで撮影された。最後に歯医者がやってきて、でぶの口の中に指を入れ、隅々まで調べた。

待合室に戻ると、夫は後ろに手を組み、壁に貼られたポスターを立ったまま眺めていた。写真付きでブラッシングの指導をしているポスターだ。でぶがベンチに腰を下ろすと、彼はすっかりでぶの歯並びが治ったかのように「終わったか?」と訊いた。

「歯型を作っただけよ」とでぶは口の中に残る粘土の味に顔を顰めながら答えた。

「あとは先生の話があるって」

「そうか」と夫は短く何度も頷いた。「よくやったな、でぶ」

やがて名前を呼ばれ、でぶは夫と一緒に廊下の先に向かった。ドアの隙間から覗くと、木製のカウンターデスクが天井からの明かりを反射してつやつやと光っていた。その向こうには、黒い革張りの椅子に腰掛けた若い男の姿が見えた。マスクを外していたが、さっき自分の歯を隅々まで触った医者だろう。カウンター横の大きなモニターのほうを向いて作業していた医者は、でぶ達に気づくと椅子ごと体を捻り、「どうぞ」と促した。

「失礼します」とでぶの代わりに夫が返事をした。そして立ち往生した動物を動かすようにでぶの大きな尻を押した。

カウンターには椅子が一脚しかなかった。でぶがもたもたとその一脚に腰掛けると、彼女の痩せた夫はハンバーガーに添えられたポテトのように、その傍に立った。

若い医者が夫を見上げた。「ご家族のかたですか？」

「付き添い人です」と夫は答えた。「こいつがひとりじゃ決められないって言うもんで」

医者は「そうですか」と頷くと、カウンターの内側からもう一脚小さめの椅子を出し、「ご主人も、そちらにおかけになって下さい」と夫に勧めた。

二人は並んで、モニターに大写しにされたでぶの歯列の写真と、机上に出された作ったばかりのでぶの歯型を見比べた。器具で唇をめくり上げられた自分の歯並びのひどさに、でぶは顔が熱くなった。あっちこっちに散らかった乱杭歯ももちろんだが、歯茎近くにびっしりとこびりついた歯垢が特に目に付いた。でぶは思わずモニターから目を逸らしたが、夫は吸い寄せられるように歯型をじっと見つめていた。

医者は淡々と治療方針の説明を始めた。でも医者の口から〈抜歯〉という言葉が出た途端、すべての説明がでぶの頭から抜け落ちていった。夫はいつのまにかメモ帳を取り出し、医者の言葉を細かく書き留めていた。矯正装置の使用期間はどのくらいだとか、歯が揃って見えるのはいつくらいからだとか、喋り方はどのくらいおかしくなるのかだとか、自分のことのように執拗に質問をした。

「先生」とでぶはとうとう我慢できなくなって口を挟んだ。「それで結局、あたしの歯は何本抜くことになるんです？」

医者は胸ポケットから銀色のペンのようなものを取り出すと、するすると伸ばして、「奥様の場合は」と説明し始めた。「まずこの歯と、この歯」棒の先端が、歯型に次々と宛《あ》てがわれていくのを、でぶは瞬きもせず目で追った。「それからこの歯と、この歯」医者は言葉を一旦区切った。「それから、この歯と、この歯と、この歯とこの歯です」

「先生！」でぶは唸《うな》るように声をあげた。「それは全部あたしの健康な歯なんですか？」

「そうです」と医者は答えた。

「八本も？」でぶは体を何かに引き裂かれているような表情で繰り返した。「八本もですか？　先生！」

最初は皆さん驚かれます、と若い医者は落ち着き払った口調で答えた。でぶは思わず心の中で毒づいた。世の中のことなんて、何一つわかってなさそうなこの若造が、あたしの歯を八本も？　この兄ちゃんがあたしの歯を八本も？　でもそのうちの四本は歯茎の奥に隠れた親知らずと呼ばれるものなんです、と医者は言った。奥様の場合はたまたま抜かずに全部残っていて、それで八本になっただけのことなんです。何かを言いかけようとしたでぶを、「先生」と夫が遮《さえぎ》った。もし健康な歯を八本残らず抜いて、先生が説明してくれた治療を受けるとしたら、と夫は言った。ホームページで募集してたモニターっていうやつにはしてもらえるんですかね？

医者は夫を見て、それからもう一度でぶのレントゲン写真に視線を戻した。そうですね、と彼は頷いた。奥様の同意が頂ければ問題ありません。

「顔出しすれば、もっと安くなりますか？」と夫はさらに食い下がった。「口元だけじゃなく、顔全体を出すっていう意味で」でぶは頬が火照《ほて》り、隣で俯《うつむ》いた。なります、と医者は答えた。それから引き出しを開けて電卓を取り出すと、治療費の総額を打ち込んで、二人に見せた。

夫はうんうんと何度も頷きながら、メモ帳にその額を丁寧に書き込んだ。その指が震えていないことにでぶは気がついたが、黙っていた。夫はメモ帳とペンをポケットにきちんとしまい込むと、もう一度机の上の歯型を凝視した。それから彼は声を低めて、「先生、これをもうひとつ作ってもらって、持ち帰ることはできますかね?」と訊いた。

家に帰った夫はすぐにポロシャツとズボンを脱いで、寝巻きに着替えた。毛布を腰にぐるぐる巻きつけると、その端を引きずりながら飼猫に餌《えさ》をやった。ずっと前に彼がパチンコ屋の裏で見つけた雑種だ。でぶは冷蔵庫にあった残りものの野菜で簡単な鍋を作った。冷凍してある肉がほとんどなかったから、白菜とじゃがいもばかりになった。

「ほら、でぶ。肉もっと食べろよ」夫は豚肉をでぶの器に次々と取りわけようとした。

「ねえ、まだやるって決めたわけじゃないわよね」とでぶは訊いた。何時間も待って歯型を受け取り歯医者を出たあと、夫がその話について触れなくなったことが気になっていた。「これはあたしの健康な歯なんだからね」とでぶはその場にいない誰かを証人にでもするように声を張った。

夫は答える代わりに、豚肉をもう一切れ箸で摘み、「肉、もっと食べろよ」と言っ

「いらない」とでぶは拒《こば》んだ。

「なんだよ。食べろよ」

夫は鍋がぐつぐつと煮えている傍らで、肉の垂れ下がった箸を差し出し続けていた。

「いらないってば」とでぶは少し大きい声を出した。それから自分に言い聞かせるように「やっぱり治療なんて必要ないわよ」と口にした。「あんたには悪いけど、あたしには歯なんか治したって何も変わらないって気がするのよね」

彼は箸を差し出したまま「そうやってどれだけのことを諦めてきたんだよ」と言った。

でぶは肉から滴《したた》り落ちる汁を見つめながら、夫の言葉の意味を考えた。テーブルに小さな水溜りができ始めていた。「何も変わるわけないわよ」とでぶは言った。

「変わるよ。術後の写真を見ただろ。口元が少し違うだけで人相はがらっと変わるんだよ」

「変わったからってなんなのよ」とでぶは言い返した。「口元の印象が、あたし達の人生に本気で関係あるって思ってんの？」

夫はでぶを見た。それから茶碗の上に箸を置くと、「わかったよ」と言い残して立ち上がり、寝室のドアをばたんと閉めた。

鍋はどんどん煮詰まっていった。でぶはカセットコンロの火を止め、立ち上がった。寝室のドアを開けて隙間から覗くと、ベッドに仰向けに寝転がり、片手を首の後ろに回している夫が見えた。もう片方の手にはさっき歯医者でわざわざ自宅用に作らせた醜《みにく》い歯型があった。

「印なんかないわよ」とでぶはドアの隙間に声を滑り込ませた。「あたし達に何か目印みたいなものが付いてるなんて、そんなの、全部あんたのただの思い込みよ」

夫は身じろぎもしなかった。

「それにあたし、やっぱり嫌よ。モニターになるなんて」とでぶは続けた。「こんなみっともないもの、人様の目にわざわざ晒《さら》すなんてまともじゃないわよ」

「見てもらうことで吹っ切れることだってあるさ」夫はゆっくり口を開いた。

「でもこれは、あたしのいちばん誰にも見られたくない部分なんだけど」とでぶは口元を手で覆った。ネットの世界で、自分の歯並びとぱんぱんに膨らんだ顔が不特定多数の相手に晒されるなんて、考えただけで寒気がした。「お金をもらえるって言われたって無理よ」

るように見えた。

夫は何も言わなかった。目を閉じて、でぶのいま言ったことをじっくり反芻《はんすう》してい

しばらくして、「そうかもな」と夫は呟いた。「お前の言う通り、印なんかそもそもないのかもな」そう言って歯型をサイドテーブルに置くと、彼は頭から布団を被った。

それ以降、夫は前にもまして家から出なくなった。一日中何もせずテレビを付けっ放しにしていた。だが、でぶはついに職を見つけた。家からそう遠くない二十四時間営業のステーキレストランだ。面接の時、今日の夜から入れるかと訊かれ、「大丈夫です」と答えたでぶは、その場で深夜のフロアスタッフに採用された。若い子が二人同時に店に来なくなったばかりらしく、ウェイトレスのオレンジ色の制服とロッカーまで与えられた。

「ステーキが三割引きで食べられるって」と家に帰り、でぶはうきうきしながら夫に報告した。「まあそれでも高いから、食べることはないけどね」冷凍庫のアイスに手を伸ばしかけたでぶは、ウェイトレスの制服がLサイズまでしかなかったことを思い出した。「ね、これでわかったでしょ？」アイスの代わりにグラスを手に取って水を

注いだ。「何もかも、あんたの思い込みだったのよ」

夫はのろのろと首をあげ、「でぶがウェイトレス？」と訊いた。

「そうよ」とでぶは水を飲みながら答えた。「ウェイトレスよ」

「正社員？」

「初めはバイトだけど、問題がなさそうなら、すぐそうしてくれるって」

「信じられない」と夫は言った。

でぶは一気に水を飲み干すと、「これから仕事に行くまで眠るから、邪魔しないでよね」と言い残して寝室に向かった。


深夜のホールを担当するのはでぶと、リーダーを任されている社員の男の子の二人だけだった。物覚えも要領も悪いでぶに、十も歳下の青年は根気よくレジの扱い方や注文用の端末の操作方法を教えてくれた。

でぶは必死に頑張ったが、ミスばかり繰り返した。テーブル番号も、たった五種類しかないソースの名前もなかなか覚えられなかった。

それでもようやく少しだけ仕事に慣れてきた頃、ひとりの男がふらりと店に現れた。午前三時を過ぎ、客が最も少ない時間帯だった。

「いらっしゃいませ」とトレイに水を載せて近づいたでぶは、驚いて足を止めた。

「あんた、何してんのよ？」

寝巻きの上に、でぶが椅子にかけておいた女物のパーカーを羽織っただけの夫は
「でぶが働いてるところを見に来たんだ」とぎこちない笑顔を作った。

でぶはリーダーの青年がこちらを見ていることに気づくと、慌ててメニューを一部さっと脇に抱え、他の客と同じように窓際の席に夫を案内した。

「何か食べるつもりなの？」

「ステーキ、頼んでもいいかな」と夫はメニューを広げながら小声で訊いた。「このオーストラリア産テンダーロインっていうの」と写真を指差し、でぶにちらっと目配せした。「三割引きになるんだろ」

「そんなの無理よ」とでぶは声を押し殺した。

「わかってるよ」と夫は肩をすくめた。「言ってみただけ」

でぶは一番安いステーキセットを打ち込んで厨房に送信した。小食な女性向けのヘルシーなメニューだ。食事が出るまでの間、夫は背中を丸めて水を飲みながら、歯医者の待合室の時のようにレストランのフロア中をじろじろ眺め回していた。店内は真昼のように明るかったが、客はほとんどいなかった。時折、夫はでぶのほうに何か目

配せを送ってよこしたが、でぶは気づかないふりをした。肉がじゅうじゅうと音を立てている鉄板を夫の前に置いてやる時、でぶは「早く帰って」と書いたナプキンも一緒にテーブルに残した。

食べ終わった鉄板を下げに行くと、「コーヒーが飲みたいな」と夫は言い出した。

「それを飲んだら帰るよ」

だがコーヒーが空になっても夫はなかなか立ち上がろうとしなかった。でぶが客の帰ったテーブルをきれいにしたり、サラダバーに野菜を補充したり、ワゴンを押して熱々の鉄板を運んだりしているところを、空になったコーヒーのカップ越しに夫はじっと眺めていた。携帯電話をやけに触り、時折メモ帳にペンを走らせている。

「何しに来たのよ」青年がトイレに行った隙に、でぶは夫のテーブルに詰め寄った。

「あんた、一体さっきから何してんの?」

夫は顔を上げた。「でぶを見てるんだ」

でぶは思わず大きな声をあげそうになった。「何のために?」

「でぶの直すべきところを見つけるためだよ」そう言いながら、彼は傍に置いていた携帯電話を操作し始めた。ディスプレイ上に動画が再生されると、でぶはコーヒーのポットを床に落としそうになった。小さな画面の中で、オレンジ色のアザラシのような自分が手際悪くもたもたと働いている。

でぶは呆気に取られた。「あんた、そんなことのためにわざわざ来たの？」

夫はもっともらしい表情で頷いた。「当たり前だろ。俺達の生活は、でぶにかかってるんだから」

その時、トイレから青年が戻って来るのを見たでぶは、慌ててカップにコーヒーを注ぐと、踵を返しテーブルを離れた。水用のコップがスタンバイされているカウンターまで来ると、でぶはこっそり振り返った。夫は真剣な表情でメモ帳にペンを走らせていた。

夫が顔をあげ、でぶにだけわかるように微笑みながら頷いた。

でぶは夫を冷ややかに見つめたままにこりともしなかった。

でぶが仕事に慣れるまで、夫はステーキレストランに毎晩訪れた。そしてお代わり無料のコーヒーだけを頼み、必ず動画を撮って帰った。そのうち、でぶが明け方家に帰ってくると、食卓にはいつもサンドイッチが用意されているようになった。チーズとハムのサンドイッチか、きゅうりとマヨネーズのサンドイッチだ。でぶはアイスクリームを食べたい気持ちをどうにか抑えながら、そのぱさついたサンドイッチを頬張った。動画から分析したらしい助言の書かれたメモが、皿の脇には必ず添《そ》えられていた。「スープバーのミネストローネをかき混ぜる時はもっと底から」とか「鉄板の返却の仕方が雑」とか「歩き方練習」などと夫の汚い字でびっしりと書かれたメモだ。掃除の行き届いていないところに斜線が引かれた図面のようなものがあれば、翌日でぶは早めに出勤して、そこを掃除した。オーダーミスが多いと指摘された時は、壊れた端末をこっそり家に持ち帰り、客役になった夫と二人で打ち込みの練習をした。夫はすべてのメニューをでぶよりも先に暗記していた。クレーム対応ができなかった日は、夫が何人もの客になってでぶにクレームを付けた。

やがて一ヵ月分の給料が振り込まれた。そして翌月にも、でぶの口座にはきちんと給料が振り込まれていた。そのタイミングで、でぶは思い切って店長に夫のことを打ち明けることにした。ステーキの鉄板を洗う要員募集の張り紙が出た時から、話をする機会を窺っていたのだ。ぐずぐずしているうちに学生がひとり採用されたが、長くは続かなかった。また求人募集の張り紙が出される前に、恥を捨ててでぶは行動した。

ある日の深夜、でぶが鉄板を積んだワゴンを押して裏へと回ると、業務用の洗浄機が工場のように大きな音を立てて回っていた。

夫はその隅でオリーブオイルの一斗缶を椅子代わりにし、腰を下ろしていた。腰が痛む時は座っていいと店長に許可をもらったのだ。夫にはコックのような白い制服と長靴が与えられていた。ゴムのエプロンを巻いているせいで、彼が家で毛布を引きずっている姿を一瞬だけ思い出したが、散髪し、ヒゲも毎日剃《そ》るようになった夫は以前とは別人だった。

夫はでぶのワゴンをちらっと見ると、「夜中にパフェを食べる人間がこんなにいるとはな」と呟いた。そして耳栓代わりに詰めていたパチンコ玉を両耳から取り出した。

でぶはワゴンに視線を落とした。中段には細かい仕切りが入り、鉄板が立てて収納できるようになっている。上段は割れやすいガラスの容器を入れるための場所で、かごの中にはでぶが作って提供したパフェの空の器が投げ込まれていた。どの器にもさくらんぼの種が捨てられ、クリームやチョコレートが内側にべっとりと付着している。

ワゴンをここまで押してきて、新たな空のワゴンを持っていくのがでぶの仕事だった。でもでぶはホールに戻らず、汚れた食器を次々とシンクに移し始めた。食べ残しを隅のごみ箱に捨てながら「もったいないわね」とぼやくと、腕まくりをした。スポンジに洗剤をつけたところで「俺がやるよ」と声がして、夫がのろのろと一斗缶から立ち上がった。

「今、お客がひとりもいないから大丈夫よ」とスポンジを片手で揉みながら、でぶは洗浄機に負けないように声を張った。「どうせ、ぼんやりしてるだけなんだから」

「気を抜くなよ」と夫は言った。「俺達には印があるんだからな」

「わかった。じゃあこれだけやらせてよ」でぶはパフェの容器をひとつ手に取り、中を素早く水で満たした。こびりついたチョコレートをスポンジで擦《こす》って落とすと、軽く濯《すす》いでから水切り用の台にさっとひっくり返して置いた。

「これくらい手伝ったって、誰も何も言わないわよ」でぶはエプロンで手の水気を拭いた。

夫はシンクまで来ると、蛇口から細く水を垂らし、その下に汚れている皿をすべて置いた。グラスをスポンジで次々擦っていくと、今度はそれをまとめて一気に濯いでいった。黙々とこなすその手際のよさにでぶは感心しながら、「店長が驚いてたわよ。あんたは見たことないくらい働き者だって」と言った。

「あとがないもんな」と手を動かしながら、夫は無愛想に答えた。

「そうね」とでぶも頷いてから、客が来たような気がして、ホールのほうを振り返った。だがリーダーの青年はさっきと同じ体勢で暇そうに突っ立っている。

でぶは顔を夫のほうに戻すと、「でも、すんでのところでなんとかなったんじゃない？」と笑いかけた。

言葉の意味がわからなかったらしく、少し間を置いてから夫は顔をあげて「何が？」と訊き返した。

「ぎりぎりのところで、普通の家庭に戻れたってことよ」とでぶは一段と煩《うるさ》く回り始めた洗浄機に掻き消されないように声を張った。

「ええっ？」と彼は訊き返した。「なんだって!?」

「普通の家庭よ！」とでぶは叫んだ。

「かもな！」と夫も頭を振った。

適当に返事をしているらしい夫には構わずに、でぶは「誕生日パーティをし直さないとね」と続けた。「ケーキやらプレゼントをちゃんと準備した、あんたの誕生日パーティよ」

夫はパチンコ玉を耳に詰め、黙々と、鉄板に取り掛かり始めていた。たわしを使い、無駄のない手つきでこびり付いた汚れを丁寧に擦り落としていく。

「誕生日パーティ」機械のように動き続ける腕を見ながら、でぶはもう一度その言葉を口にした。

その時ホールから自分を呼ぶ声が聞こえた。でぶは返事をしながら慌てて駆け戻った。

夫の働きぶりはますます評判になった。まるで生まれた時からそうしてきたかのように彼は黙々と鉄板を洗った。その姿を見ていると、でぶでさえ夫がソファから一日中動かなかった日のことをうまく思い出すことができなかった。「それに、床のブラシ掛けもしょっちゅうやるんだよ」先週でぶが休憩を取っている横で、帳簿をつけながら店長が教えてくれた。「こないだなんか頼んでもないのに、窓拭きまでしてたもんなあ。俺、びっくりしちゃったよ」

でぶもつられるように熱心に働いた。ミスはどんどん減り、何人か名前のわかる常連客もできた。

「あたし、矯正してもいいわよ」

ステーキ屋に行くのが前ほど億劫ではなくなってきたある日、化粧をしながらでぶはそう言った。二人揃って、もうすぐ出勤しなければならない時間だった。

「確かにあんたの言う通り、もう少しだけマシになったっていいわよね」でぶはそう言うと、卓上ミラーの角度を調整して口元を覗き込んだ。

夫はすでに支度を終え、ソファに腰掛けていた。彼はテレビから目を離し、でぶを見た。そして医者からもらった軟膏《なんこう》を塗り込んでいた手を止めて、「なんで今になって、そんなこと言うんだよ」と訊いた。

「どうせ何も変わらないんだったら、やってみてもいい気がしたのよ」

夫は何も言わず、ゆっくりと軟膏の蓋を閉めた。

「あんた、あの歯医者に今すぐ予約しちゃってよ」とでぶは急かした。

「うん」と夫は返事した。

「どうしたのよ」でぶは訝った。「どうして電話しないのよ?」

「かけるよ」と夫は言った。「あとでかけとく」

「どうして今じゃないのよ?　歯を治せばいろんなことがよくなるって言ったのはあんたじゃないの」

「うん」と夫は言いながら軟膏の蓋をまた開けようとしていた。

でぶはたっぷり待ってから、「ねえ、あたし、あんたの言ってたことの意味がやっとわかったのよ」と口を開いた。

「俺の言ってたこと?」

「あたしは何も諦める必要なんかなかったってことよ。普通の人達みたいに、人生がよくなるように努力してもいいんだってことが、あたしにもやっとわかったのよ」

「そりゃよかった」と彼は与えられた台詞を口にするように言った。「おめでとう、でぶ」

でぶは化粧ポーチを閉めながら息を吐いた。「あたしが自分で予約するから番号だけ教えてよ」

夫は黙り込んだまま軟膏の蓋を閉めた。そして諦めたようにのろのろと電話を拾い上げた。

翌週、でぶの歯型を見ながら、医者はまずあわせて四本を同時に抜こうという提案をした。右側の親知らず二本と、犬歯の脇にある小さな歯を同時に抜いたほうが楽ですよ、と彼は言ったのだ。でぶは震え上がったが、毎週二本ずつ抜いていくのとどちらがよいかと訊かれ、提案を受け入れることにした。

抜歯当日は下の親知らずを抜かれたショックで他の歯について痛みを感じる余裕もなかった。でぶは自分の歯が無理やり根っこから引き抜かれる恐ろしい音を、頭蓋骨を通してはっきりと聞いた。麻酔が効いているうちは思っていたより痛くはなかったが、しばらくすると、でぶの顔面の右半分は見たこともない形にみるみる膨れ上がった。その日一日、でぶは怖くて鏡を見ることも、布団から起き上がることもできなかった。せっかく固まりかけていた血の塊が抜歯した穴から取れる度に激痛に襲われるので、食事はほとんどできなかった。

次の日にはようやく起きて動くことができたが、顔は相変わらず、右半分だけバットでめちゃくちゃに殴られたように腫《は》れ上がったままだった。医者に経過報告のために電話すると、「腫れには個人差があります」と言われた。ほとんど腫れない人もいれば、一週間経っても、腫れが引かない人もいる、と。

「どうしよう」とでぶは憔悴《しょうすい》しきった声を出した。「取っておいた休みは明日までなんだけど」

「なんとかするよ」夫は玄関で上着を着込みながら言った。「俺、ちょっと店長に相談してみるよ」

次の日になっても腫れは引かなかった。その翌日もだ。風邪を理由に仕事は休ませてもらえたが、でぶは段々怖くなってきた。痛み止めを飲みすぎてぼうっとする頭で、もしかしたらこのまま一生、この歪《いび》つな輪郭で生きていくことになるのかもしれない、と思った。

これは印を無理やり取ろうとしたせいなんじゃないか、とでぶは何度も考えた。乱杭歯なら口を閉じて隠すこともできたのに、なぜこんな余計なことをしたのだろう。歯を抜いたせいで、これからは何もかもが転がり落ちていく一方だという気がしてならなかった。夕方、でぶは高熱を出した。三十九度を超える熱だ。明け方帰って来た夫が看病をしてくれたが、熱が下がるまで、でぶは繰り返し、自分達が小さな鉄板に乗せられ、海へ押し流される悪夢を見続けた。

でぶが回復したのは、四日間寝込んだあとだった。その日、目を覚ましたでぶは触れた頬の感触から、顔半分が今までなかったほどすっきりしていることに気がついた。鏡を見てみると、元通りとまではいかないが、どうにか人目に触れさせてもよいと思えるまでに、腫れが引いていた。でぶは体を起こすと、すぐさま店に電話して、今日からでも働けると告げた。八日間も休んでしまった間、夫がホールと皿洗いを掛け持ちしていたことをでぶは初めて聞かされた。もしこれからもこんなことが続くようなら、と店長は電話口で言いにくそうに声を潜めた。申し訳ないけど、店長会議で報告しないわけにはいかないよな、君達夫婦のこと。

翌日から職場に復帰したでぶはこれまで以上に仕事に精を出した。しばらくすると歯医者が電話をかけてきて、どうして抜糸に来ないのだと尋ねた。でぶはただ「忙しくて」と答えた。「先生。あたしは今、歯のことに構ってる暇なんかないんです」でぶは抜いた歯の穴を放置し続けた。

数日すると医者がまた電話をかけてきて、とにかく落ち着いたら、一度病院に来てほしいと言った。でぶは行きますと答えた。絶対ですよ、と医者は念押しした。今、あなたの歯は右側だけが少ないんです。このまま放っておいて、どうなっても責任は取れませんよ。歯医者はその場ででぶの次の休みの日を訊き出し、診察の予約を入れさせた。絶対ですよ。電話を切る直前、若い医者はもう一度そう口にした。

けれど休みの日になっても、でぶは歯医者に行かなかった。その次の休みもだ。もしも反対側の歯を抜いて、また一週間以上仕事を休むことになったらどうすればいいのか、でぶにも夫にもわからなかった。二人は診察の時間が来ても家のソファに座って、テレビを見ていた。電話には病院からの着信があったが、でぶはその日のうちに留守電のメッセージをすべて聞かずに消去した。

「半分だけ、顔がひきしまったな」ある日の仕事中、夫はでぶの顔をじろじろ見ながらそう言った。四本の歯が減った状態で、ひと月ほど働き続けた頃だった。

「そう?」でぶは押していたワゴンを止めて、洗浄機の側面に映るぼやけた自分を覗き込んだ。

「それに少しだけ痩せたな、でぶ」

「抜いた穴に物が詰まるのが怖いから、思いきり噛めないのよ」とでぶは苦々しく眉《み》間《けん》に皺を寄せた。「あんた知ってる？　噛まないと、食べ物って全然おいしくないのよ」

夫はでぶを見ると、心配そうな声を出した。「なあ、でぶ。そんなふうに半分だけ歯がない状態で、人間は本当に平気なのかよ？」

「平気よ」とでぶは答えた。「たぶん」言いながら抜いた歯の辺りを舌で確かめてみると、そこにはつるっとした、よそよそしい歯茎があるだけだった。

夫は曇った表情のまま一斗缶から立ち上がった。何かを言いたげな様子だったが、やがて小さく首を振ると、「気にしなければいいのかもな」と諦めたように言った。

「気にしなければ、落ち着くべきところに落ち着くのかもな」

「そうよ」とでぶも言った。「そのうち嫌でも、落ち着くわよ。このまま一生落ち着かないなんてこと、あるわけないんだから」

「そうだよな」と夫も小さく同意した。「そんなこと、あるわけないよな」

ある日、でぶは店長から従業員の休憩室に呼び出された。歯のことを言われるかもしれないと緊張したが、店長はでぶの顔には一瞥もくれず、深夜のホールを取り仕切ってほしい、と帳簿をつけながら持ちかけた。

「あの子はどうなったんです？」とでぶはリーダーの青年のことを訊いた。

「こないだの店長会議で、もっと人手の足りない店舗に回されることになっちゃったんだよな。彼、社員さんだからさ」店長は困ったような表情を作った。

でぶは休憩室を出ると、すぐにワゴンを押して洗浄室へ向かい、夫にこの話をした。

「でぶにそんなことできるのかよ？」と夫は疑わしそうに言った。「リーダーなんて。だってお前は、でぶなんだぜ？」

「でもあたし、やってみるわよ」とでぶは答えた。「とにかく、これはチャンスなんだから」

夫は気乗りしない表情だった。シンクで濯いだ鉄板を洗浄機のラックに並べながら、「歯はどうするんだよ」と訊いた。「そんな立場になったら、ますます休めなくなりそうだけどな」

でぶは少し考えてから「仕方ないじゃない」と言った。

夫は険しい顔で洗浄機に黙々と鉄板を運んだ。すべて並べ終わると、「やっぱりでぶは歯を抜くべきじゃなかったんだ」と言い捨てて、スタートのスイッチを押した。

翌月、でぶはレジの鍵を預かった。店の鍵もだ。他の店舗に移った社員の代わりに、新しい女の子がもうひとりバイトで雇われた。でぶは彼女に端末の使い方を教え、サラダバーとスープバーの補充の仕方を教えてやった。鉄板の正しい置き方や、パフェの提供の仕方も指導した。これまで何かを人に教えるという経験がでぶにはほとんどなかったが、幸いにも女の子は素直ないい子だった。役者の卵で、昼間は養成学校に通っていた。十九歳だ。彼女はあっという間に職場に慣れ、店長や厨房の人間と親しくなった。でぶの歯のことも何も言わなかった。時折、でぶはタイムカードを押したあと、夫を待ちながら彼女と休憩室でおしゃべりすることもあった。

十二月に入った。クリスマスが近づいた頃、奥さんと子供に家を出て行かれてしまった店長のために、みんなでクリスマスパーティを開こうという話が持ち上がった。クリスマスの前々日の臨時休業日にプレゼントを持ち寄り、店長の家にお邪魔しようと役者の卵の女の子が言い出したのだ。

その話をでぶが家に帰って伝えると、夫は憤った顔をして「それどころじゃないだろ」と言った。「お前、自分がどんな状況なのかわかってるのかよ」

「わかってるわよ」とでぶは答えた。

彼はでぶがいつも化粧の時に使っている卓上ミラーを持ってきて、目の前に置いた。「見てみろよ」

でぶは言われた通り、卓上のミラーを覗き込んだ。

「どうだよ」

でぶは黙り込んだ。

「俺だって、こんなこと言いたくないんだ」と夫は言った。「でも、お前の顔はもうとんでもないことになってるんだぞ？　左は元のでぶのままなのに、右から見てみろよ。全然知らない女じゃないかよ」

でぶは鏡の中の自分をじっと見つめた。確かに夫の言う通り、でぶの顔は左右でまるで肉のつき方が違ってしまっていた。歯を抜いていないほうは元の通り、だらしない顔つきのままなのに、歯を抜いた右側からは、柔らかそうな肉がほとんどこそげ落ち、目元まで窪《くぼ》んでしまっていた。歯を片側だけ強く嚙みしめる癖がついたせいだろう。口角の高さも大きくずれている。でぶは笑顔を作ってみて、ぞっとした。子供の落書きのようにでたらめな顔の女が、鏡の向こう側からこちらをにやにや覗き込んでいた。

「なあ、でぶ。そんなふざけた顔で、本当にパーティなんか行くつもりなのかよ？」と夫は訊いた。

「でも、あたし達がちゃんとあそこの一員なんだって証明するチャンスなんだけど」でぶは鏡を脇に押しやった。「それに行かなかったせいで、何かあった時にあんたとあたしがクビにされたらどうするのよ？」

夫は顔をあげ、でぶを見た。彼は何かを言いかけた。

「プレゼントを持っていけばいいわよ」とでぶは夫の言葉を遮った。「何か気の利いたものを持っていけば、馴染めると思う」

夫は諦めたように首を振った。「パーティなんか行ってみろよ」と彼は続けた。「今まで誰にも気づかれなかったのは、ただ連中がステーキを焼いたり運んだりするのに忙しかったってだけなんだぜ。そんな顔で行ってみろよ、でぶ。もうごまかせないぞ」

「それならあたし、お面を被ってくわよ」とでぶは言い返した。「プレゼントをさっさと渡して、一時間だけで帰って来ればいいわよ」

「歯なんか抜くんじゃなかったな」と夫は言った。

　でぶ達が遅れて到着した時、玄関にはすでに靴がぎっしり脱ぎ散らかされていた。ドアを開けに来たのは役者の女の子だった。彼女はサンタクロースとトナカイのお面を被ったでぶ達を見ると、一瞬戸惑ったような表情を浮かべたが、すぐに笑顔を作り直した。「何人かで台所を借りて、昼から準備させてもらってたんです」彼女は二人をリビングまで案内した。

　ステレオからは音楽が流れていた。街中でかかっている、定番のクリスマスソングだ。部屋は綺麗に飾り付けられ、いたるところにキャンドルが灯されていた。天井からは星がぶらさがり、窓枠や棚には雪を模した綿まで敷き詰められている。部屋の隅にはツリーがあった。絵に描いたようなクリスマスパーティに、二人はどうしていいかわからなかった。こんなことをして楽しんでいる人間が本当にいるなんてでぶには信じられなかった。テーブルの上の大皿の料理はどれも半分以上がなくなり、椅子から立ち上がった人々はグラスを片手に、いくつかのグループになって話し込んでいた。

　でぶ達はドアからいちばん近くにある、空いた椅子に腰掛けた。残った料理を控えめに皿に取り分けながら、部屋の隅々まで視線を走らせた。知らない顔はたぶん昼のシフトの人間だろう。このままプレゼント交換だけを済ませて帰ってしまおうと、二人はワインを飲みながらその時をじっと待った。だがいくら待っても、余興《よきょう》は始まらなかった。そのうちに夫がトイレに行くと言って立ち上がり、でぶはひとりテーブルに残された。少しして戻って来た夫を目で追っていると、彼は食卓ではなく、部屋の隅にあるソファにどさっと腰を下ろした。

でぶもそちらへ行こうと立ち上がった。だがその途中で店長と役者の子に声をかけられ、グラスにワインを注がれてしまった。店長は打ちのめされたように、奥さんと子供に出て行かれるまでの経緯や、まだ残っているこのマンションのローンについて長々と話した。夫婦仲の秘訣《ひけつ》をしつこく訊かれたでぶは曖昧に笑ってごまかし続けた。

ようやく解放されてソファのほうを振り返ると、夫はいつのまにかトナカイの面を外し、ソファにごろんと横になっていた。アームの部分に、頭と足をそれぞれ乗せている。見覚えのある格好だ。目を閉じていたが、胸の上でワインの入ったグラスを握りしめている。近づいていくと、彼の腰に誰かのストールが巻かれているのが見えて、でぶはどきりとした。

「あんた、どうしたのよ」でぶは彼の体を揺すった。

「うん」と夫は言った。「少し飲みすぎた」

でぶは足元に転がっていたワインの空の瓶をどかして、夫の顔を覗き込んだ。目元が赤くぼってりと膨らんでいる。

「もういいわよ。顔も出したし、このままこっそり抜け出しても気づかれないわよ」

でぶは夫の手からグラスを抜こうとしたが、できなかった。

「パーティなんて俺達になんの関係があるんだよ」と夫は目を閉じたまま吐き捨てるように言った。「こうしてる間も、でぶの歯は狂い続けてるってのに」

「あたしは平気だってば」

「そんなふざけた顔の人間がどこにいるんだよ?」そう言いながら、夫は頭を揺すってソファのアームにどんと叩きつけた。「なあ、でぶ。お前はそんな顔で一生やっていくつもりかよ?」頭だけを起こして彼はもう一口、ワインを飲んだ。「仕事を辞めようぜ」彼は歯の隙間から漏らすように言った。「それで残りの歯も全部抜いて、矯正し直すんだ」

「馬鹿言わないでよ」とでぶは笑った。

夫は顔を歪めると、両手でグラスをぎゅっと握りしめた。「どうして自分の歯がぐちゃぐちゃになっていくのを黙って見てなきゃならないんだよ?」

「見てなきゃならないのよ」とでぶは言った。「働かなきゃ」

夫はステレオから流れるクリスマスソングのシャンシャンという鈴の音に合わせて、頭を小さく前後に揺すり始めた。

でぶは夫の腕を宥《なだ》めるようにさすりながら、「そもそも治す意味はなかったのかも」と言った。でぶは顔をあげて壁紙を見た。なんの変哲もない、普通の壁紙だ。「あれからずっと考えてたのよ。どこから、どうすればよかったんだろうって。でも段々どこからどうしたって同じだったって気がしてきちゃったのよね」でぶは夫の腕をさすり続けていた。「途中で壊れたんなら、やり直して元に戻せるのかもしれないけど」そこで言葉を切った。「でも、もともと壊れてたとしたら、元には戻せないんじゃない?」鈴の音を聞きながら、でぶは続けた。「あたしの歯はこんなふうに壊れてるのが普通ってことなんじゃない?」

夫は呻いた。「なあ、でぶ。俺達はただ八日間かそこらの休みが欲しいだけじゃないかよ」

「駄目よ」とでぶは言った。「働かなくちゃ」

夫はでぶの手を振りほどき、よたよたとソファから立ち上がった。

「どこに行くのよ」落としそうなワイングラスを彼の手から抜き取って、でぶは訊いた。

夫は腰に巻いていたストールが外れて床に落ちたことも気づかず、テーブルのほうへ歩き出した。でぶが呆気に取られていると、役者の子と親密に話し込んでいた店長の隣の椅子をぐいと引いて、夫は荒々しく腰を下ろした。店長は驚いて振り返った。すみません、店長、と夫は言った。お話があるんです。今少し、お時間もらえませんかね。店長の手にはたっぷり赤ワインの注がれたグラスが握られていた。仕事の話？と店長は夫と同じくらいろれつの怪しい口調で答えた。ええ、そうです。仕事の話です。夫は頷いた。妻に少しだけ休みをもらいたいんです。悪いけど、また別の日にしてくれないかな、と店長は答えた。わかるだろ？　今日はほら、そういう煩《わずら》わしいことは一切考えたくないんだよな。店長は体の向きを変え、また役者の女の子と話し始めていた。夫はその肩をぐいと引いた。そして、すみません店長、と言った。俺の話を聞いてください。大事なことなんです。

わかったよ、と店長が言った。そこまで言うなら、聞くよ。夫は緊張が少しだけ緩んだようだった。だがその時、店長が夫の目を盗んで役者の子に何かをすばやく耳打ちしたのを、でぶは見逃さなかった。役者の子は小さく頷くと、さっと立ち上がりステレオの前に駆け寄った。そして音楽のボリュームをあげ、口の周りに手で輪っかを作った。皆さん、今からプレゼント交換の時間です、と彼女は大声で叫んだ。持って来たプレゼントを用意して、集まって下さい。でぶが彼女に気を取られているうちに、店長は立ち上がっていた。タイミングがちょっと悪かったな、という店長の声が人々のざわめきに混じって聞こえた。そして夫の背中をぽんぽんと叩いて、彼は行ってしまった。

夫はでぶのほうへ戻ってきた。彼の顔は青ざめていた。彼はソファに力なく腰を下ろすと、手のひらを瞼に強く押し付けるような格好で動かなくなった。

でぶは夫のかさかさに荒れた手を見た。指が細かく震え出し、額からは汗がぐっしょりと吹き出していた。

「もう駄目だ」と夫は呟いた。

でぶは何も聞こえなかったふりをした。そして「ねえ、プレゼント交換だって」と彼の肩に手を置いた。「これだけ終わらせて、とっとと帰ればいいじゃない」

「なんの関係があるんだよ?」と夫は唸った。「そんなことが俺達の人生に」

でぶは立ち上がると、自分の荷物からきれいに包装された小さな箱を二つ持って戻った。わざわざデパートに買いに行ったものだ。

「関係なくったってやらなきゃ」とでぶは言った。そして夫にプレゼントのひとつを無理やり手渡すと、「普通の人達がすることを、あたし達もするのよ」と言った。

でぶは夫をどうにか立ち上がらせた。夫はされるがままだった。それから夫の顔色の悪さをごまかすためにトナカイの面をさっと被せた。夫はされるがままだった。ふらふらと病人のように荷物のほうへ歩いていった彼をでぶは連れ戻して、二人でみんなの輪の中に加わると、そこにいる全員が様々な色の箱やきらきらした包みを手にしていた。確かに、今から始まるのは自分達の人生に恐ろしく関係のないことだ、とでぶは思った。

役者の子がベルを振り、ジングルベルを歌い出した。そのうち他の人間もつられて口ずさみ始め、歌は自然と合唱になった。でぶは口をパクパクさせたが、どうしてもうまく声が出なかった。夫はトナカイの面の下で口すら開けていないようだった。

そのうち、プレゼントが参加者の手から手へゆっくりと回り始めた。でぶは見よう見まねで流れてくる箱や包みを夫へ回した。夫も覚束《おぼつか》ない手つきで、どうにか隣の誰かに渡しているらしかった。歌が盛り上がるにつれ箱や包みの回るスピードは速くなり、でぶの口の中は緊張でからからに渇いた。流れから振り落とされないようにでぶは必死に手を動かした。

ようやく歌が止み、でぶの手元には赤いリボンのついた箱が残った。夫は細長くて青い箱を持っていた。まず最初に役者の女の子がぴりぴりと丁寧に包装紙を剥がしていくのを、でぶはサンタクロースの髭の隙間から眺めた。箱からはTシャツが出てきて、女の子はそれを胸の前に当てて見せた。これは誰からのプレゼント? と店長が訊いた。でぶの真向かいにいた男が得意げに手を挙げた。昼のバイトの男の子だった。

そんなふうにして、プレゼントがひとつずつ開封されていった。でぶの赤いリボンの箱にはバナナを保存する携帯用の容器が入っていた。バナナを持ち歩きたいなんて、でぶは生まれて一度も考えたことがなかった。夫の箱の中身は、ブーツの消臭グッズだった。そして一度か二度、見かけたことのある厨房のコックの番になった。彼の手にしていた包みは、これまで見てきたものとはまるで違っていた。でぶは歌に合わせて回していた時から、そのことに気づいていた。彼の袋はみすぼらしかった。上の端がただくるくると丸められ、封もきちんとされていなかった。

「誰だよ。慌てて家にあるもの持ってきたの」と誰かが言った。みんながどっと笑った。コックは袋を開けて覗き込むと、呆気に取られたような表情で顔をあげた。そしてテーブルの上で袋を逆さにし、中身をぶち撒けた。転がり出たのはぐちゃぐちゃの歯型だった。

　その場にいた全員が息を呑んだ。誰もが目を見開き、まるで肝試しのようにパンの盛られた皿の傍に転がっている歯型を覗き込んだ。でも誰も長くは見ていられなかった。正視に堪えないというように顔を歪め、目を背けた。

「ひどいな」と店長も顔を顰めた。「誰だよ、こんなもの持って来たの」

　でぶは隣の夫の腕をぎゅっと摑んだ。息が切れ、そのまま倒れてしまいそうだった。ソファのところまで引っ張ろうとしたが、夫は動かなかった。

「印を見せてやらないとな」と夫は歯型を睨みつけたまま、でぶにだけ聞こえる小声で囁いた。「俺達がどんなものを用意されてここまでやって来たか、この連中にもきちんとわからせてやらないとな」彼の指は震え、額からは汗が滲み続けていた。

　いつの間にか夫の足元に捨てられているデパートの箱を見ながら、気づかれるのは時間の問題だとでぶは思った。だが皆口々に「なんだよ、これ」「誰がやったんだよ」などと騒ぎ出したものの、その歯型がでぶのものだと言い出す者は一向に現れなかった。何が起きているのかうまく理解できずにいるうちに、彼らは犯人探しに飽きたように他のプレゼントの開封を再開し始めた。歯型のことはもう話題にものぼらなかった。ぐちゃぐちゃの歯型はパンの入った皿の傍らに、ワインのコルク同然に放置されていた。

でぶは夫の腕を握りしめていた手をようやく離した。そしてその場から離れると、よろよろとソファに座り込んだ。全身が痺れたように疲労していた。心臓が音を立ててまだ脈打っていた。でぶはゆっくりと息を吸ったり吐いたりしながら壁に目をやった。この少しの間に、壁紙がまるまる張り替えられてしまったような奇妙な感覚がずっと続いていた。

夫はまだテーブルの傍らにじっと佇《たたず》んでいた。誰かが歯型のことを言い出すのを待っているのだ、とでぶは思った。あの人は印の話がしたいのだ。自分達が苦しめられ続けてきたものの話を。夫は石膏《せっこう》で固められたかのように身じろぎもしなかった。誰かが言い出すまで、朝までそうするつもりかもしれなかった。でぶはしばらく彼の背中を見つめていた。やがて立ち上がると、夫を連れて誰にも気づかれずにパーティをあとにした。

家に帰ると、夫は何も言わずに寝巻きに着替え、腰に毛布を巻きつけた。ずるずると引きずってソファのところまで行き、寝そべってテレビのスイッチをつけた。でも彼はテレビなんか見ていなかった。

でぶは冷蔵庫の前に立った。そして冷凍庫を開けっぱなしにして、そこにある大量のアイスクリームをすべて食卓に移動させた。スプーンを取ってきて、傍には牛乳をたっぷり入れた熱いコーヒーも準備した。でぶは椅子に座ると、次々とアイスクリームの蓋を開けていった。フィルムも丁寧に剝がした。一つ残らずだ。そして端からスプーンで掬い、口の中でどんどん溶かしていった。

しばらくしてソファの向こうから「なあ、でぶ」と夫の疲れきった声がした。「いいこと思いついたんだ」

「何？」とでぶはスプーンを口に押し込み続けた。

「俺達の印がどうなったかを、皆さんに見てもらうんだよ」

「皆さんって？」とでぶ。「誰のこと？」

「世界中の皆さんにだよ」

そう言うと、夫はのろのろとソファから体を起こし、ポケットから携帯電話を取り出した。「でぶの印の動画を撮って、それをネットに流すんだ」

でぶはテレビの画面を見た。番組ではまさにそういう職業の人々が取り上げられていた。過激で面白い動画をネット上で公開し、大金を稼ぐ人々だ。でぶは億劫そうに首を振った。「誰があたしの動画なんて見たいと思うのよ」

お前はもう、街を歩けばみんなが振り返るほどの化け物になりかけてるんだ、と夫は言った。そのふざけた顔がもっともっとふざけていく様子を毎日撮って見せ続ければいいんだよ、と彼は言った。

「そんなのが面白いの？」

「どうだろうな」夫は自信なさそうに首を振った。「俺達のことなんて誰ひとり興味がないかもしれないな」そして携帯電話を放り出し、またソファに寝転んだ。

あの人はもう二度とあそこから起き上がらないかもしれない、と思いながらでぶはスプーンを動かし続けた。アイスを口に押し込みながら、あたしの歯をあそこにいた連中全員に移植できたらね、と心の中で呟いた。あたしに用意されたものでやっていくのがどんな感じなのか、最初から壊れてたもの、いい、い、い、い、いものを与えられてるってのがどんな感じなのか、わからせてやることができたらね。あたしの人生をきれいな箱の中に入れて、代わりに誰かの人生をもらえるっていうんならね。それから、冷えた口の中に熱いコーヒーを流し込んだ。

しばらくしてソファに横たわったまま夫が吐き捨てた。「あんな連中と一緒に働けって言うのかよ」

「そうよ」とでぶは言った。「働かなきゃ」

次の日、二人は歩いて職場に行った。更衣室で着替えてから、タイムカードを押してそれぞれの持ち場についた。でぶは注文を取り、熱々の鉄板に載ったステーキを運んだ。パフェを作って、コーヒーのお代わりを注いで回り、サラダを補充した。何もかもがこれまで通りだった。

汚れた鉄板が溜まると、でぶはワゴンを押して洗浄室に向かった。夫は騒音の中、黙々とシンクの前で手を動かしていた。でぶはワゴンを交換して、そのままホールに戻ろうとした。でも、どうしても足が動かなかった。

でぶは振り返って夫を見た。彼もでぶを見ていた。

やがて夫は蛇口の水を止めるとシンクの前を離れ、のろのろと一斗缶に腰を下ろした。彼は耳を触ってパチンコ玉を抜き取ると、エプロンのポケットからずいぶん前に止めたはずの煙草を取り出して火をつけた。でぶは上っていく煙をしばらく目で追ったあと、目の前の鉄板に残されていたステーキを一切れ摘《つま》み上げ、口に入れた。肉は冷えて硬かった。でぶはソースも付けずにもう一切れ、その筋張った肉をくちゃくちゃと嚙んだ。

夫は何も言わなかった。ただでぶのことをぼんやりと眺めていた。時間をかけて口の中が空になると、でぶはもう一切れ摘み上げた。そしてげっぷしながら、「嚙めるんだから問題ないわよ」と言った。

夫は黙っていた。

「ワインもあるわよ」とでぶはボトルを持ち上げながら言った。「飲み残しの」

夫は立ち上がり、ワインボトルを受け取ると直接口をつけた。そして鉄板を二度ほど適当に擦ったあと、そのたわしを床に捨てた。鉄板に煙草を押し付けると、その吸い殻も床に投げ捨てた。夫はワインを手にしたまま、一斗缶に根を下ろすように座り込んだ。その傍では洗浄機が淡々と回り続けていた。

「このばかでかい洗浄機に俺が飛び込むところを撮って公開したっていいんだ」と夫はふと口を開いた。それから少し黙ったあと、「なあ。でぶ」と言った。「でぶのこと、撮ってもいいかな?」

でぶはのろのろと夫を見た。

夫はポケットから携帯電話を取り出し、カメラのレンズをでぶに向け始めた。

でぶは構わずくちゃくちゃと肉を嚙んだ。しばらくカメラを回したあと、「怒らないで聞いてほしいんだが」と夫が携帯電話を向けたまま言った。

「何?」

「俺、誕生日に欲しいものがあるんだ」

でぶは口の中の肉を見せつけるようにしながら、「何が欲しいの」と訊いた。

「右側の歯だよ」と夫は言った。「でぶの右側の歯が欲しいんだ、俺」

「歯なんかないわよ」とでぶは鼻を鳴らした。「あんなもの、抜かれたあとどうなったのかも知らないわよ」

「わかってる」と夫は言った。「だから、でぶの新しい、い、右側の歯がもっと欲しいんだ」

でぶは夫を見た。そして無表情のままステーキをじっくり嚙んだ。一口、また一口。それらを食べてしまうと、今度は付け合わせのにんじんや、さやえんどうや、インゲンに手を伸ばした。夫はもうワインも飲まずに、その姿をじっと撮り続けていた。

「あんたの言う通りかもね」やがてでぶは口を開いた。「確かにあたし達は、もっと何かをしなきゃいけないのかもね」

そう言うと、でぶはゆっくりとマッシュポテトに取り掛かった。鉄板から指で掬って、その指ごと口に入れた。口の中をポテトでいっぱいにする自分の姿を撮り続ける夫を見ながら、ここにある何もかもを平らげてしまおうとでぶは思った。肉も、さやえんどうも。にんじんも、インゲンもだ。何もかも自分には食べる権利があった。でぶはべとべとするマッシュポテトを口に運び続けた。どの料理もすっかり冷えてしまっていた。熱を失い、冷えた塊になって、でぶの喉を次々と通り過ぎていった。

解説

肯定！　肯定！　肯定！

武田砂鉄

あるデザイナーから聞いた話だ。その頃、男性タレントのフォトエッセイ集のデザインを担当していた。南国の澄み切った海へと続く砂浜で思いっきり太陽を浴びている写真は、まさしく彼のイメージにピッタリだった。彼は体毛が濃い。事務所は体毛の濃さをやたらと気にしており、編集者を通じて、「すね毛をもうちょっと薄めに加工してほしい」との修整依頼を受けた。かつて女性タレントのくるぶしのシワを消したことさえあるデザイナーは、お安い御用、とすね毛を整えた。すると、事務所から「こんなにツルツルなのは逆に不自然なので、もうちょっとすね毛を足してほしい」との注文がついた。デザイナーは少しだけ彼のすね毛を復活させた。「これで自然な感じになりました。これでいきます」との返事を受けて一件落着したのだが、「自然な感じ、ってなんだよ」と思ったそう。まったく落語のような話だ。

不自然なのに、それを自然と言い張る。うん、自然だよ、とっても自然だよ、間違いない、めっちゃ自然だよ、と周囲が肯定してくれる。「不自然を繰り返しながら自然を探す」という不自然な現象が、世の中のあちこちで起きている。もう誰にも止めることはできない。彼のすね毛は、フォトエッセイ集に載っている濃さが自然なのだ。では、実際の彼のすね毛は不自然なのだろうか。「本当の旅」のハネケンなら、こんなことを言ってくれるんじゃないか。

「どっちが本当とか偽物とか、そういうんじゃないと思うんだ。今、僕らが見ているものが本物なんだから、僕は、どちらのすね毛だって本物に見える」

づっちんが返してくれる。

「わかる。言いたいこと、わかる。なんでもかんでも疑うんじゃなくて、まず僕らの目の前にあるものを信じないとね。どちらのすね毛もウソじゃない。本物なんだよ。それだけは間違いないことだと思うんだ」、みたいな感じだろうか。

「本当の旅」で、クアラルンプールに到着した三人は、とにかくすべてを肯定してみせる。

「自分なら絶対に来なかっただろうクアラルンプールに来ているという奇跡。誰かといることの証。そうだ、すべてに感謝だ。この湿気にも、気温にも。何もかも企画してくれたづっちんにも。目の前の巨大なユニクロにも、無印良品の看板にも、ありがとうございますだよ。ありがとうございますなんだよ」

すべてに感謝している、というより、すべてを感謝にしなければならないと思い込んでいる。この差はとても大きい。なんでもかんでも肯定しなければいけないのだ。自分自分を肯定して、ＳＮＳに投稿して、誰かに肯定してもらわなければいけない。自分で否定しそうになったら、誰かに否定されそうになったら、それを他の肯定で埋める。戸惑いはある。でも、それを消すために、さらに肯定を探す。

この話に出てくる肯定は、なんだか借金みたいだ。高利貸しに手を出し借金を膨《ふく》らませたものの、今度こそ返せると意気込んで、ふたたび借金してしまう。膨らみに膨らんで、もうわけがわからなくなっているが、では次に何をするかといえば、感謝だ。ありがとうございます。ではなく、ありがとうございますなんだよ。自分に言い聞かせている。

「僕の人生はなんのためにあるべきかなあ。と思う」

「僕の人生はなんのためにあるべきか」ではない。「あるべきかなあ」と思っているのだ。こんな自分ですと、ずっとアピールし続けているのに、どんな自分であるべきか、迷い続けている。自己肯定し続けるために、自己肯定し続けている友達と一緒にいる。そんな友達は、何があっても自分を肯定してくれる。それってマジで安心するのだ。歩いていても、走っていても、止まっていても、転んで怪我《けが》をしても、車にぶつかっても、ぼったくられても、行方不明になっても、生きても、死んでも、彼らは自分を肯定してくれるはずなのだ。

特別な旅をしたいと思う。でも、そもそも、こうして旅をしている行為自体が特別なのだから、もう特別だと決まっているのだ。なんたって、空港のカウンターで、づっちんとヤマコが揃《そろ》って立っているのを見ただけで、「もう今回の旅の目的はほぼ達成されたかな、と思う」のだ。じゃあ、もう、家に帰ればいいのに。でも、帰らない。「ほぼ達成」を「達成」にするためにあちこちに出かけていく。ほぼ達成されているのに、特別な体験を求める。体験を皆で共有し、肯定してもらうのだ。

いつの頃からか、テレビや雑誌で紹介されるものよりも、自分の近しい誰かがSNSで紹介したものを信頼するようになった、と言われる。テレビ画面よりもスマホ画面に流れてくる投稿が個々人の行動を決めるのだと。そんななか、旅行のガイドブックは、旅に慣れていない象徴として扱われることが多くなった。ガイドブックに載っている店をはしごしているような観光客を、旅の上級者は、いや、初心者も嘲笑する。少なくともそこに、生きた「旅」はないのだ。

「ガイドブックに載っているような観光スポットにもはや何もないことを、僕らはみんな知っているのだ」

「『地球の歩き方』を借りて、クアラルンプールのページを隅から隅まで読んでみても、行きたいと思える場所はひとつも見つからなかった」

とのこと。でも、とある洞窟に行けばこうなる。

「あ。ねえ、ていうかここ、ガイドブックの写真と一緒じゃない？」

「すっげえ。マジで一緒。感動」

ガイドブックなんて意味ないよ、と気取る自分と、ガイドブックと同じだと興奮する自分が同居する。これを俗に矛盾というのだが、彼らの中では矛盾しない。だってほら、今、みんなでひとつになっているんだし。SNSでも評判だったし。

今、書店の写真集コーナーに行くと、絶景写真集なんてのが大量に並んでおり、それは、すね毛以上に修整された写真ばかりなのだが、その手の写真にちょっとしたメッセージを添えて、いい感じに仕立てているものがあまりにも多い。この絶景写真集ブームのきっかけとなった方のインタビューを読んでいたら、旅行ツアーのプロデュースも始めており、そのツアーの模様をこう振り返っていた。

「天候不順で二日間待機となり、やきもきもしましたが、出張最終日にやっと出港できて、Facebook に載せた写真と同じように、浮かんでいる船を横から見られる場所を発見！　ツアーコースに組み込むことができました。おかげで『あの Facebook の絶景を見たい！撮りたい！』と思っていらした観光客の方には、好評だったそうです」（『死ぬまでに行きたい！世界の絶景』プロデューサー・詩歩さんが語る、「人生が楽しくなる」絶景の力とは？／とらばーゆ）

マジで、こんなことが実際に行われているのだ。写真集と一緒だ、Facebook に載ってたのと一緒だ。天候不順でやきもきしたのはなぜかと言えば、お客さんにイイ景色を見せられないかもしれないからではなく、Facebook に載っていたようなものを見せられないかもしれないから、なのだ。「本当の旅」に、こんなやりとりがあった。

「結局、私達の一挙手一投足。言動。思考。呼吸みたいなものすべてが、共有されていくイメージを持ち続けること？」

「うん」

「意識の繋がり。私達がいいヴァイブレーションを発していけば、周りのひとすべてがそのいい感じを共有できて、それがどんどん返報されていって、もうそこにはいい感じしかないっていうか。私の、とか、誰のとかないっていうか」

そう、そうなのだ。それなのに、実際の風景を見ると、ガイドブックや写真集やFacebookで見たのと一緒だ、と感動しているのだ。ポジティブにポジティブを重ねていく日々を、ポジティブに肯定していく。今そこにいる仲間に肯定され、SNSで肯定され、そのSNSの投稿を今そこにいる仲間に肯定される。渦を巻く肯定が、共感が、シェアが、「いいね！」が、自我を守る。他者を介在しないと自我が保てないなんて、それは自我ではないのではないか、と思うのだが、そんなことは誰も言わない。言えない。っていうか、言えないのもお前らしいよね。迫り来るポジティブ。押し寄せる肯定。絶え間ない笑顔。その波の下で、ヘドロが溜まっている。それに気づいているのに、いつまでも目を逸《そ》らし続けるのだ。本谷の視界には、そのヘドロが見えている。でもそれを書こうとはしない。

あっ、他の二編について語る文字数がない。どうしよう。ペース配分を間違えた。言い訳する必要がある。こういう時には、自分にハネケンを憑依《ひょうい》させればいいんだ。彼だったら、肯定してくれるだろうから。ちょっとトライして、解説を終わりにしてしまおう。

「でも、ほら、文庫解説って、そういうところがあると思うんだよね。自分の想いが先走ってしまうっていうかさ。でも、自分の正直な気持ちなんだし、それでいいんだと思う。そもそも、こうして文庫解説の依頼をされたのも運命だと思うし。依頼を受けたところで、もう、ほとんど目的は達成されていると思うんだ。本谷さんと僕との間に生まれた特別な何かがあって、それは、読者には届いていると思うし、だから、三編についてバランスよく書く必要なんてないんだよ。ってか、この文庫本を開いた時点で、本谷さんと読者は繋がっているんだし。とっても強い絆《きずな》で結ばれている。僕自身、そんな中で解説文を書くなんて、特別な体験をしていると思うし、この体験をみんなと共有できたらいいなって。何を書いたとか、何を書かなかったとか、そういうことじゃなくて、今、こうして、本谷さんと、僕と、そして読んでくれているみんなが繋がった事実が何より重要なんだと思う。それ以外に重要なことなんてないよ。ここに一緒にいるってこと。一緒に時を過ごしたってこと。それだけでいいと思う。そう思うよね？」

本書は二〇一八年八月に小社より刊行されました。

文庫化にあたり、「本当の旅」には、同名演劇上演台本を基に、一部加筆・修正を加えてあります。

|著者| 本谷有希子　1979年生まれ。2000年「劇団、本谷有希子」を旗揚げし、主宰として作・演出を手がける。'06年上演の戯曲『遭難、』（講談社）で第10回鶴屋南北戯曲賞を史上最年少受賞。'08年上演の戯曲『幸せ最高ありがとうマジで！』（講談社）で第53回岸田國士戯曲賞受賞。小説では'11年に『ぬるい毒』（新潮社）で第33回野間文芸新人賞、'13年に『嵐のピクニック』で第７回大江健三郎賞、'14年に『自分を好きになる方法』（講談社）で第27回三島由紀夫賞、'16年に『異類婚姻譚』（講談社）で第154回芥川龍之介賞を受賞。'18年８月に本書『静かに、ねぇ、静かに』（講談社）を上梓。その他の著書に『腑抜けども、悲しみの愛を見せろ』『あの子の考えることは変』（ともに講談社）、『生きてるだけで、愛。』『グ、ア、ム』（ともに新潮社）など多数。

静《しず》かに、ねぇ、静《しず》かに
本谷有希子《もとやゆきこ》

講談社文庫
定価はカバーに
表示してあります

2020年10月15日第１刷発行

発行者──渡瀬昌彦
発行所──株式会社　講談社
東京都文京区音羽2-12-21　〒112-8001
電話　出版（03）5395-3510
　　　販売（03）5395-5817
　　　業務（03）5395-3615

デザイン─菊地信義
本文データ制作─講談社デジタル製作
印刷────豊国印刷株式会社
製本────株式会社国宝社

Printed in Japan

ISBN978-4-06-521238-7

講談社文庫刊行の辞

二十一世紀の到来を目睫に望みながら、われわれはいま、人類史上かつて例を見ない巨大な転換期をむかえようとしている。

世界も、日本も、激動の予兆に対する期待とおののきを内に蔵して、未知の時代に歩み入ろうとしている。このときにあたり、創業の人野間清治の「ナショナル・エデュケイター」への志を現代に甦らせようと意図して、われわれはここに古今の文芸作品はいうまでもなく、ひろく人文・社会・自然の諸科学から東西の名著を網羅する、新しい綜合文庫の発刊を決意した。

激動の転換期はまた断絶の時代である。われわれは戦後二十五年間の出版文化のありかたへの深い反省をこめて、この断絶の時代にあえて人間的な持続を求めようとする。いたずらに浮薄な商業主義のあだ花を追い求めることなく、長期にわたって良書に生命をあたえようとつとめるところにしか、今後の出版文化の真の繁栄はあり得ないと信じるからである。

同時にわれわれはこの綜合文庫の刊行を通じて、人文・社会・自然の諸科学が、結局人間の学にほかならないことを立証しようと願っている。かつて知識とは、「汝自身を知る」ことにつきていた。現代社会の瑣末な情報の氾濫のなかから、力強い知識の源泉を掘り起し、技術文明のただなかに、生きた人間の姿を復活させること。それこそわれわれの切なる希求である。

われわれは権威に盲従せず、俗流に媚びることなく、渾然一体となって日本の「草の根」をかたちづくる若く新しい世代の人々に、心をこめてこの新しい綜合文庫をおくり届けたい。それは知識の泉であるとともに感受性のふるさとであり、もっとも有機的に組織され、社会に開かれた万人のための大学をめざしている。大方の支援と協力を衷心より切望してやまない。

一九七一年七月

野間省一